CB048743

ABERTO ESTÁ O INFERNO

ANTONIO CARLOS VIANA

# Aberto está o inferno
*Contos*

Copyright © 2004 by Antonio Carlos Viana

*Capa*
Angelo Venosa
*sobre*
The last time I saw Paris (1984), óleo sobre tela de Jorge Guinle. 150 x 170 cm.
Colecionador: Ana e Luiz Schymura
Reprodução: Vicente de Mello

*Preparação*
Paulo Werneck

*Revisão*
Otacílio Nunes
Ana Maria Barbosa

*Os personagens e situações desta obra são reais apenas no universo da ficção; não se referem a pessoas ou fatos concretos, e sobre eles não emitem opinião.*

Dados Internacionais de Catalogação na Publicação (CIP)
(Câmara Brasileira do Livro, SP, Brasil)

Viana, Antonio Carlos
  Aberto está o inferno / Antonio Carlos Viana ; — São Paulo : Companhia das Letras, 2004.

  ISBN 85-359-0569-3

  1. Contos brasileiros I. Título.

04-6616                                        CDD-869.93

Índice para catálogo sistemático:
1. Contos : Literatura brasileira         869.93

[2004]
Todos os direitos desta edição reservados à
EDITORA SCHWARCZ LTDA.
Rua Bandeira Paulista 702 cj. 32
04532-002 — São Paulo — SP
Telefone (11) 3707 3500
Fax (11) 3707 3501
www.companhiadasletras.com.br

# Sumário

Ana Frágua, 11
Quando meu pai enlouqueceu, 15
O pedido, 23
Mal-assado, 31
A linda Lili, 36
Barba de arame, 40
Mulher sentada, 44
Gatos em estado terminal, 49
Doutora Eva, 54
As namoradas têm fome, 59
Reverendíssimo Padre Diretor, 63
O dia de Cícero, 70
Porque em Marrakech, 75
Sexta-Feira Santa, 79
Senhas, 84
Batalha, 88
Figurinhas difíceis, 92
Ananda Daya, 96

*In memoriam*, 102
Tadinho do professor Tadeu, 107
Lofote e sua mãe, 112
Nas garras do leão, 115
Formigas, 122
Prima Otília, 127
Dadado, 131
Jogos, 134
Triste paixão no morro do Avião, 138
Exames de rotina, 141
Lu de seu Messias, 143
Dona Dadinha, 146
Inveja, 148
Novidades, 149
As meninas do coronel, 151

*A
Humberto Werneck
e André Viana*

*Aberto está o inferno e não há véu algum que cubra a perdição.*

Jó, 26,6

# Ana Frágua

Todos os seus irmãos já tinham ido, menos ele. Quando falavam, contavam maravilhas. Que tinha uma lourinha, já imaginou?, uma lourinha, ali onde só havia gente de pele encardida, queimada do sol que ardia forte desde as primeiras horas do dia. Miro, o irmão mais velho, ficava dizendo que ele tinha de perder a donzelice com Ana Frágua, uma amazonense sabida que nem o cão, de olhar de mãe e cu de puta, uma fornalha entre as pernas. E naquelas brincadeiras pesadas faziam que iam apalpá-lo para ver se ele tinha ficado teso. Ficar até que ficava, mas quando pensava em Ana Frágua, aquela mulher envelhecendo, mais de quarenta anos, o coração do menino se confrangia, e se lembrava da mãe que nem conhecera. Ana Frágua vinha nos sonhos, toda nuazona, toda aberta igual à munã, porque ele já sabia de muita coisa. Também tinha os irmãos, que falavam tudo. Faltava só coragem e juntar uns trocados porque tinha de pagar fosse quanto fosse, que ela não ia fazer de graça. Depois podia ir cobrar na casa dele e aí a vergonha ia ser grande. Ia pegar uns carretos e, com o dinheiro que conseguisse ganhar, um dia ia comer Ana Frágua.

Depois de um sábado bom de feira, o menino tomou coragem e foi. Fez um arrodeio medonho pra ninguém ver ele entrando direto na casa das perdidas, como diziam. Tinha sempre alguém de olho. O sol batia a pino quando ele entrou pelos fundos da casa tão acabada. Fácil, muito fácil. Foi só arrepanhar um fio de arame e entrou. Entre uma nuvem de moscas, três criancinhas sujas de terra e um porco fuçando uma lata de lavagem bem pertinho delas. Deviam ser filhos das putas. Olharam para ele tristes e remelentos, algumas costelas de fora. Ele foi entrando pelos fundos, vendo que a casa tão famosa era mais pobre que a dele, nem sentina tinha. Na dele, pelo menos tinha aquele cercadinho onde se podia cagar à vontade sem medo de ser visto. Ali era tudo no monturo mesmo. Um merdeiro sem fim que contribuía para aquele futum que cobria o lugar quando o sol ardia feio. O menino foi entrando, foi entrando e tudo deserto, as mulheres ainda deviam estar dormindo. Passou por um quarto sem porta, onde uma cortininha de contas sem brilho nem balançava, a falta de vento naquele lugar abafado.

Tudo deserto. Deviam ter ido pra cidade. Diziam que tinham de fazer exames de vez em quando por causa de uma doença que matava quem pegasse. Estava olhando um quadro de santa Teresinha quando tomou o maior susto. Pela porta da frente, ela, Ana Frágua, com vestido de ir ao comércio, estampadão, cobrindo tudo, ela, a quem ele sempre via com decotes que deixavam quase escapar os peitos, num deles uma pinta escura que chamava a atenção. Ana Frágua também se assustou com ele, mas logo o reconheceu: "Você não é o irmão de Miro?". O menino balançou a cabeça, engoliu em seco e ela: "O que tá fazendo aqui a essa hora?". Ele se atrapalhou todo, não sabia o que falar e, com uma coragem que nunca pensou que fosse ter, disse: "Vim foder com a senhora". A mulher não esboçou nem riso nem raiva, não ficou com cara de ofendida, apenas passou o lenço na boca e disse: "Me espere no quartinho da frente enquanto tiro essa roupa quente".

 O menino foi lá pra dentro e o quarto só tinha uma cama com um lençol e uma mesinha-de-cabeceira com uns potes de creme em cima. Na parede, nenhum santo. Enquanto ela não vinha, ficou se alisando e viu que não ia passar vergonha. Ao entrar no quarto, só de japonesa, o lenço sempre na boca, disse: "Só não pode se balançar muito que hoje arranquei três dentes". Aí o menino sentiu uma pena muito grande de Ana Frágua, viu como ela estava sofrendo e assim mesmo se dispunha a fazer dele um homem. Foi tanta bondade que viu nos olhos dela que teve coragem de dizer: "É a minha primeira vez". Ana Frágua deu um riso de boca fechada e olhos murchos. Aproximou-se, o lenço sempre na boca, e sentou-se ao lado dele com muita delicadeza. Com a mão sem lenço, abaixou-lhe o calção de pano grosso com toda tranquilidade e elogiou suas partes. "Ah, se eu não tivesse arrancado três dentes...", lamentou, rindo repuxado. O menino entendeu tudo e sentiu-se mais teso ainda. Era o que ele mais esperava, todos os homens falavam que não tinha coisa melhor, mas com três dentes arrancados ia ser impossível. Aí Ana Frágua puxou uma gaveta na mesinha e tirou um envelope que o fez ficar gelado. Quis botar uma camisinha nele, mas ele não deixou. Tinha medo de murchar, os amigos alertavam. Ana Frágua não insistiu. Antes de se deitar, ela atochou dois dedos no pote grande de creme, se untou entre as pernas e foi se derreando com muito cuidado, a cabeça imóvel. Puxou-o pra cima dela e o conduziu pela primeira vez por caminhos escuros, mas ele nunca viu tanta claridade na escuridão.

 Na porta, não, o creme o fez deslizar direitinho, sem nenhuma resistência. Mas, lá mais pro fundo, ela estava que nem caminho arenoso. Estava tão seca que ele teve medo de sair todo esfolado e sangrando depois de tanto socavão. Mas, aos poucos, foi sentindo uma colazinha distante e a coisa foi escorregando melhor, igual estrada que se enlameia depois da chuva. Hora nenhuma ele se esqueceu de que não podia se balançar muito, e Ana Frágua só sacudiu um pouco os quadris ao perceber que ele já vinha com toda a sua força. Soltou um leve gemido que ele suspeitou ser dos dentes arrancados. Parece que o gemido apressou nele a enorme labareda e aí ela deu uma boa recuada de corpo, empurrando-o pra fora, e ele se derramou inteiro no lençol, deixando a cama de Ana Frágua toda melada. Ficou meio envergonhado de dar trabalho a ela, que teria de lavar o lençol depois. Parecia ter saído mais do que quando ele respingava na terra seca.

Ana Frágua se levantou depressa e enxugou a baba vermelha que escapulira da boca. O menino se levantou também e viu que os olhos dela acompanhavam ainda seus movimentos de corpo ao vestir o calção. Ele se achou pela primeira vez senhor da vida, e quando ela disse que ele tinha um pau muito gostoso e que ia dar muita alegria a muitas mulheres no mundo, o pescoço do menino se empertigou de vez, num orgulho tão grande que ele até se esqueceu de deixar o dinheiro e ela nem reclamou.

# Quando meu pai enlouqueceu

Chovia no dia em que meu pai enlouqueceu. Sempre chove em dia de desgraça. Foi assim quando meu irmão quebrou o braço, quando minha mãe sofreu um aborto e no enterro de minha avó. A gente voltava do Rio, onde fomos morar e não deu certo. A morte de Getúlio acabara com os sonhos de meu pai.

O dinheiro contado só dava mesmo pra viajarmos de trem, porque ônibus era um luxo que não cabia em nosso bolso. Navio, nem pensar. Só não sabíamos que ia ser tão difícil aquela volta. Até Belo Horizonte foi tudo muito bem. Estávamos adorando a viagem, vendo o mundo correr pela janela. Campos campos campos, uma ou outra cidadezinha e mais campos campos campos. Minha mãe feliz de voltar pra terra dela, pelo menos a família tinha um sítio onde plantar alguma coisa pra comer. Só meu pai trazia o semblante carregado, de quem voltava pra casa depois de uma derrota. Em cada parada ele descia pra nos comprar alguma coisa de comer, quase sempre caldo de cana com broa de milho, porque dinheiro pra comer de verdade a gente não tinha. Só meu irmão mais velho podia descer com ele porque quando o trem apitava não esperava por ninguém.

E a viagem prosseguia bem quando veio a notícia de que havia ruído a cabeceira de uma ponte depois de Montes Claros e não dava para o trem passar. Teríamos de andar um trecho a pé e depois atravessar um pontilhão comprido, lá nas alturas. As mulheres com crianças de braço atravessariam o rio num caminhão que depois nos levaria até a próxima estação por estradas de piçarra, perigo e lama.

E o trem parou bem antes da ponte caída. Ficou todo mundo olhando como subir aquele barranco e chegar ao pontilhão. Tanta criança, só nós éramos cinco, um no braço de minha mãe. Ela teria direito à boléia do caminhão. Os outros que se virassem. Pela segunda vez eu vi o desespero nos olhos de meu pai. Na primeira foi o tiro no peito de Getúlio, quando ele chegou a jogar o rádio no chão de tanta revolta. Agora, ali, suspirava forte, num ritmo diferente do normal. Ele, que não era de entregar a rapadura, demonstrou medo diante da ponte de ferro gigante. Teríamos de ir pisando nos trilhos e dormentes, cerca de cinqüenta metros, o rio lá nas profundezas. Era fim de tarde, o tempo ameaçava desabar, pra piorar as coisas. Havia ainda a bagagem, felizmente pouca. Pesada mesmo só a malinha de madeira com as ferramentas de sapateiro, da qual ele nunca se separava. Dizia que se lhe roubassem aquilo era o mesmo que lhe cortar um braço. Minha mãe já rezava pra santa Rita de Lisieux, a santa do momento. Antes de atravessarmos, ela pediu pra gente rezar pelo menos uma Ave-Maria. Meu pai não disse nada, não acreditava em Deus.

E todo mundo ali parado, esperando o primeiro corajoso pôr o pé nos trilhos. Já foi uma dificuldade a gente descer do trem, uma altura que aos nossos olhos de criança correspondia a um salto nos infernos. Nosso pai deu a mão a um por um. Era a primeira vez que ele pegava a nossa mão sem ser pra dar bolo com um pedaço grosso de sola que guardava em sua banqueta de trabalho. Eram quentes as suas mãos. Ele sabia a encrenca em que havia se metido. Depois de puxar os quatro de dentro do vagão, ele abriu as duas malas de papelão chuviscadinho de vermelho e amarelo e fez umas pequenas trouxas que cada um teria de carregar, porque atravessar aquela linha de trem com peso era impossível. Bastava a malinha com as ferramentas dele. Foi então um tal de abrir mala, todo mundo expondo assim ao lusco-fusco suas misérias.

Foi meu pai quem puxou a fila. Não gostei quando nossa mãe nos beijou como se fosse despedida, ela que não era de beijar ninguém. A gente via lá embaixo o rio correndo perigoso pelas pedras, mês de julho, e a água devia estar um gelo. Minha mãe entrou na boléia do caminhão com o mais novo no braço, que tinha só dois anos. O caminhão se foi, banzando. Um espaço tão curto a atravessar e parecia estar ali a decisão entre a vida e a morte. Enquanto isso, meu pai puxava o cordão dos desgraçados. Eu, que sempre tive medo de altura, não sabia como ia passar por ali. Ele gritou que a gente sempre olhasse pra frente. Minha irmã, mais nova que eu dois anos, teve uma crise de choro e ele veio ajudá-la. Ainda bem que tínhamos pouca roupa. Anoitecia. Só não queria que chovesse, porque aí ninguém sabia o que poderia acontecer.

Lá íamos nós. Meu pai quase resvala o pé certa hora. E ainda carregava o quarto no braço, tinha só quatro anos. Na outra mão, ele segurava a malinha de ferramentas. Equilibrava-se a custo. Ele gritava como nunca gritou, tenham cuidado, pisem firme, olhem sempre pra frente, se olhar pra trás ou pra baixo vocês caem. O conselho deu certo. Ficou na minha memória aquela multidão caminhando pelos trilhos do trem no entardecer mais triste da minha vida. Tínhamos de ir bem devagarinho, olhando pra frente, porque qualquer desatenção, adeus. Todo mundo, um pé no trilho, outro no dormente. Meu pensamento na minha mãe atravessando o rio. E se o caminhão encalhasse nas pedras?

Felizmente conseguimos atravessar sem nenhuma perda. Meu pai ainda ajudou outras pessoas a levar as crianças que choravam de medo. Aquela viagem estava revelando um homem que eu não conhecia, ajudando desconhecidos que nunca mais iria ver. Só o conhecia de cinturão na mão, nos batendo por qualquer cola derramada quando nos pedia pra colar o solado dos sapatos. De repente ele ajudava os outros, se preocupava com a nossa segurança.

Chegamos do outro lado, trêmulos, mas chegamos. Venci ali meu medo de altura. Era só olhar mesmo pra frente, olhar pra trás desequilibra. E toca a esperar nossa mãe com nosso irmão caçula. Nada de chegar. Eu via de novo o desespero nos olhos de meu pai. Anoiteceu, enfim, e a chuvinha começava a cair com jeito de engrossar. O lugar era descampado, nem uma árvore, nem um casebre pra nos abrigar. O jeito foi botar cada um sua trouxa na cabeça. Nada do caminhão. Nele iam todas as mulheres com filhos pequenos.

Nunca houve clarão mais iluminador que o dos faróis daquele pau-de-arara. E veio todo balançando, um lado mais penso que o outro. Quando as mulheres desceram, o choro se espalhou por todos nós, como se os vivos tivessem encontrado os mortos. Acho que foi nessa hora que meu pai começou a enlouquecer. Começou a amaldiçoar a vida, a gritar palavrão, ele que por qualquer palavra mais pesada batia na nossa boca. Antes, no seu nervosismo, ele já tinha dito entredentes uma porção de "puta que pariu". Agora dizia pra todo mundo ouvir os piores palavrões.

Minha mãe se aproximou dele e disse: "Calma, Alexandre, já estou aqui". Morta de vergonha, ela só dizia: "Alexandre, fique calmo, que é isso, homem, endoidou?". E ele perguntando: "Por que vocês demoraram tanto, um riozinho de nada, e essa demora toda?". E partiu pra cima do motorista pra tomar satisfação. Foi preciso que os homens pegassem meu pai e o puxassem pra não haver uma briga séria. Enfim ele se acalmou, sentou-se, pôs a cabeça entre os joelhos e ficou assim um tempão. Não sei se ele chorava.

Minha mãe, já mais calma, contava que uma hora quase o caminhão virou, e aí ela gritou por santa Rita de Lisieux, que lhe apareceu entre as folhagens de uma árvore. Foi a sorte. O caminhão se endireitou, mas parou de repente. Ela viu a hora de morrerem ali afogados na água gelada. O tempo todo não parou de rezar e de pedir pra santa um milagre, e o milagre aconteceu. O caminhão foi ganhando força, ganhando força e se foi quase navegando porque ela nem sentia que as rodas tocavam o chão. Mas já estava ali, graças a Deus, e nós molhados, tiritando de frio. Foi nessa hora que meu pai deu um berro xingando Deus. Todo mundo se assustou. Ele podia ser mal-educado, bruto, mas gritar contra Deus ele nunca tinha gritado.

Foi aquele silêncio. Todo mundo olhando pra ele e ele a deblaterar contra Deus, contra os santos. Se Deus existia, que mandasse logo um dilúvio e levasse a gente, pobre tem mais é que se foder mesmo, que pobre não tem lugar neste mundo de merda, olha só em que buraco nos metemos. Um homem pediu mais respeito, que tinha muita mulher e criança, que ele moderasse a língua. Quase sai briga. Pra completar, o caminhão não pegava de jeito nenhum. Achamos que ele estava só com raiva da vida, depois melhorava. Um pai ver os cinco filhos assim sob a chuva, com fome, devia ser muito triste. Alguns homens se aproximaram dele e começaram a conversar baixinho, tentando acalmá-lo. A cidade mais próxima estava longe, e naquele caminhão, com aquela estrada, só iríamos chegar no outro dia de manhã.

Depois de muita luta, o caminhão pegou. Subimos. Outro desespero. Nossas pernas eram curtas demais pra pular na carroceria. A sorte que tinha cobertura de lona e nos protegeríamos pelo menos da chuva. Minha mãe conseguiu o privilégio de ir na boléia com o mais novo. Meu pai não quis deixar, mas ela não conseguiu de jeito nenhum pôr o pé no pneu e pular dentro da carroceria. Ela conversou muito com ele e assim se foi com meu irmão pra junto do motorista. Nós nos acomodamos nos bancos de madeira que nem encosto tinham. Eu via que meu pai não estava bem.

Não sei se conheci noite mais longa. O caminhão lentamente pelas montanhas de Minas, as ribanceiras gigantescas, rios, riachos, sempre lá embaixo, água brilhando na escuridão, a chuva caindo. Nem dava pra tirar um cochilo, com medo de o caminhão rolar pelos barrancos e a gente nem ter tempo de pular. Também nossa roupa estava completamente molhada, grudada no corpo. Meu pai falou a noite toda, não deixou ninguém dormir, sempre falando contra Deus. Se Deus era pai por que fodia só com os pobres? Só um ou outro concordava com ele.

O caminhão fez algumas paradas pra gente ir fazer as necessidades. Era uma luta descer tanta criança e depois fazer subir tudo de novo. O dia apontou. Foi aquele alívio. Algumas casas, sinal de que estávamos perto de alguma cidade. Chegamos. O caminhão parou perto de uma estação de trem. Meu pai foi o primeiro a descer. Ali continuaríamos a viagem até Caculé. A roupa já tinha secado no corpo, meu pai de repente parado, olhando a gente como se estivesse num outro mundo. Minha mãe veio, falou: "Aliz, pegue os meninos, o trem já vai embora daqui a pouco". Mesmo que nada. Ela tentou arrumar as coisas dentro das duas malas. Mas elas tinham se molhado e o papelão estufou. Quando pôs tudo dentro, se rasgaram, e o jeito foi levar tudo mesmo nas trouxas. Meu pai, sentado, não se mexia. Agora chorava silencioso, sem nenhuma vergonha, enxugando os olhos e o nariz com a mão. Alguns homens vinham confortá-lo, dar-lhe coragem, não há nada que não passe etc. e tal. Era muito triste ver nosso pai chorando assim numa estaçãozinha do interior, no meio de tanta gente, logo ele, que nunca foi de derramar uma lágrima. Nem quando Getúlio morreu eu o vi chorar, pelo menos na nossa frente. Depois se levantou, pegou meu quarto irmão no braço e foi nessa hora que tudo piorou. O apito do trem deu-lhe o maior susto, e quando ele correu, escorregou e caiu. Fez uma cara de dor, tinha torcido o pé.

Dentro do trem, manteve-se em silêncio o tempo todo, o pé inchando. Dali em diante foi minha mãe quem cuidou de tudo. Nos distraímos um pouco da viagem chupando rolete de cana e comendo umas frutinhas compradas na estação. Quando chegamos a Caculé, nova parada. A chuva tinha derrubado um novo trecho e a gente ia ter de ficar ali pelo menos uma semana. Minha mãe contou o dinheiro e vi preocupação no rosto dela. Ficamos numa pensão miserável, que só não era mais miserável porque todo dia tinha galinha frita com arroz grudento. O banheiro era uma palhoça dentro de um barreiro. Meu pai continuou alheado do mundo, num silêncio que nos incomodava. Nem reclamava do pé. A dona da pensão arrumou água-de-végeto com que minha mãe banhava o tornozelão dele, que ela chamava de mondrongo só pra ver se ele ria. Mas ele não esboçava o menor riso. Parecia que tanto fazia ficar ali um dia ou a vida toda. Ainda bem que minha mãe era animada, dizia que não perdia a fé em Deus e tudo ia dar certo. A parada coincidiu com o aniversário do quarto irmão e a dona da pensão foi gentil, fez um bolo de puba bem redondo com uma vela branca em cima. Foi a primeira vez que cantamos, muito sem alma, "Parabéns pra você" para alguém na família. Parabéns por quê, jamais entenderíamos.

Uma semana depois, o trem partiu. Foi um alívio ver as dunas de areia branca anunciando o porto final. Meu pai não disse ai nem oi o resto da viagem. A gente esperava que lá ele fosse se alegrar, assim que visse a irmã de quem tanto gostava. Mas a irmã não estava na estação, só a família de minha mãe. E foi aquela festa até verem o estado de meu pai. Desceu mancando. Minha tia professora, quando foi falar com ele, ele virou o rosto, e fez o mesmo com minha avó. Foi aquele desgosto, foi aquele silêncio. Minha mãe ainda quis levar na brincadeira, botando a culpa no cansaço, mas não deu. Dias depois tiveram de levá-lo para uma casa de saúde. Ele nunca mais se recuperou. O pior era que o hospital ficava perto da estação de trem e bastava ouvir um apito pra ele ficar agitado. Apertava nosso peito o dia de visita. Ele cada dia mais pálido, mais magro, mais triste. Já falava alguma coisa, dizia que não agüentava mais tomar tanto remédio amargo que só o fazia piorar. Que minha mãe rezasse pra santa dela tirar ele dali. Passava a mão na nossa cabeça, coisa que, são, ele nunca fez. No fim da visita, não deixava de fazer a mesma pergunta, mas ninguém sabia onde fora parar a sua malinha de ferramentas. Eu tinha vontade de dizer pra ele que esquecesse a malinha, que só olhasse pra frente, olhar pra trás é sempre perigoso.

# O pedido

Minha vizinha estava morrendo. Chamava-se apenas Maria. Depois que fora desenganada de vez, eu nunca mais vira nem queria ver aquela mulher de antes substituída por uma outra que diziam estar cada dia mais acabada. Ela me vira crescer, eu amigo dos filhos dela, correndo por dentro de sua casa, a maior da rua. Ficava numa esquina, com pilotis e tudo. Era uma casa moderna, um vão livre embaixo e um largo jardim onde a gente gostava de jogar bola.

Dona Maria começou a apresentar os primeiros sintomas da doença um pouco antes dos filhos irem embora. Ninguém descobria o que era. O marido a levara a todo tipo de médico, e só em São Paulo foi que descobriram que se tratava de uma doença rara, que ataca um em não sei quantos mil. Não tinha cura. Até à América foram. Em pouco tempo dona Maria começou a emagrecer. Do tipo mais pra gorda, foi se transformando lentamente, perdendo peso, a gente via isso quando ela descia do carro, um Simca Chambord poderoso. Estava mais branca do que nunca, até os cabelos, de um preto retinto, perdiam o brilho. Ela só não perdia a alegria. O marido logo arrumou outra. Todo mundo sabia, menos ela, talvez não quisesse encarar a verdade.

Eu já estava terminando o científico quando dona Maria entrou na reta final. Esperavam só a hora. Os filhos, eram dois, estudavam nas Agulhas Negras. O marido a deixara de vez, o que foi um escândalo, porque o homem só quis saber dela nos tempos de saúde. Não houve quem não se revoltasse. Mas ele vinha visitá-la quase todo dia. Dava pra notar que ela não precisava de nada. Ficou com a casa e um bom dinheiro, falavam. O médico descia à sua porta pelo menos uma vez por semana. Depois que os filhos foram embora, nas poucas vezes em que nos cruzávamos, ela dizia: "Me abandonou, Davizinho, só porque os meninos não estão mais aqui?". De um ano pra cá vivia trancada no quarto e só aceitava umas poucas visitas. Por isso levei o maior susto quando certa manhã, já quase pronto para ir pra ginástica, a empregada bateu à minha porta:

— Dona Maria quer falar com você.
— Comigo?
— É. Agora. Por favor.

A coisa parecia urgente. A casa nem lembrava os tempos quando eu e os filhos dela corríamos por todo aquele jardim. O que podia querer comigo uma moribunda em cujo quarto eu só tinha entrado em nossas correrias, muitas vezes surpreendendo-a de calcinha e sutiã? Mulher avançada, nem se cobria. Continuava se vestindo numa boa e até dava uma piscadela pra mim, na maior naturalidade. Pus o tênis rapidinho, peguei a mochila e o G. Mauger, de lá mesmo ia pra ginástica e depois pro francês.

O cheiro de remédio tomava o nariz da gente desde a grande porta de madeira trabalhada. Eu não gostava de visitar doente, tinha horror a hospital, por isso já havia desistido de estudar pra médico. A casa estava muito abandonada, parecia que a empregada só tinha olhos pra dona Maria. Ela me conduziu até o único quarto da parte térrea, tinha até banheiro, um luxo que ninguém conhecia naquela rua. Assim que abri a porta, não vi nada. O ar refrigerado dava arrepio. Dona Maria precisava ficar o tempo todo no escuro, a doença progredia rápido se houvesse muita luz. Meu coração apertou, é muito triste ver alguém se acabando, sobretudo se a gente conheceu essa pessoa um dia toda cheia de vida. Eu não sabia qual seria minha reação ao reencontrar uma mulher que em outros tempos não chegava a ser bela, mas tinha lá os seus encantos, com uma risada solta que só ela sabia dar, fazia o que bem entendesse sem se incomodar com o que os outros pensavam. Desbocada, soltava palavrão sem nenhuma cerimônia e dizia coisas que eu só ouvia na boca dos homens. Foi a primeira mulher casada da rua a usar saia curta, dois dedos acima dos joelhos bem redondos. Diziam que era dada a garotos mesmo no tempo do marido. Quem tem boca fala o que quer.

Minha vista foi se acostumando aos poucos à escuridão, o cheiro de remédio era tão forte que apertava a garganta. Acho que foi só quando pigarreei baixinho que ela se deu conta de que havia alguém no quarto. A empregada falou "Davizinho está aí" e foi tirar a temperatura dela. Depois olhou o termômetro à luz do abajur e, pelo torcer da boca, a coisa devia estar feia. Antes de me deixar a sós com ela, ajeitou-a na cama, ergueu-lhe o corpo, arrumou os travesseiros às suas costas.

— Sente aí, Davizinho — ela falou.

A voz ainda era quase a mesma. Só faltou a risada.

Eu me sentei meio sem jeito numa banqueta perto da penteadeira. Só se via remédio onde antes eram vidros de perfume e potes de creme. Não gosto de ver doente, me dá vontade de vomitar. Nunca entendi por quê. A gente sempre se coloca no lugar do outro e pensa que um dia vai chegar ao mesmo ponto. Dona Maria ficou em silêncio alguns minutos, não dava nem pra perguntar se estava melhor. Era um caso sem esperança, todo mundo sabia que ela só estava esperando a hora. Fiquei todo contrafeito. Foi ela quem quebrou o silêncio:

— Parece que ainda estou vendo vocês correndo pela casa...

Devia estar com saudade dos filhos, queria relembrar os velhos tempos, quando eu, Júnior e Alex corríamos por ali, enchendo tudo com nossa energia. Parecia querer buscar conforto em alguma lembrança, sei lá.

— Pena que foram estudar fora. Você me traz eles um pouco de volta.

Era pra isso que tinha me chamado ou teria alguma revelação a fazer, daquelas que os moribundos deixam pra dizer minutos antes de expirar?

— Você está mais bonito, Davizinho.

Eu, bonito? A febre devia estar mesmo muito alta. Nunca fui bonito. Sempre tive os braços finos, as pernas então nem se fala. Entrei para a academia pra ver se me desenvolvia. Tinha dado uma melhorada, mas a cara continuava igual, só um pouco menos de espinha, o nariz se afilara de vez. De bonito mesmo só tinha o cabelo, liso e pesado, quase nos ombros.

— Você ficou um rapagão.

Agradeci. A doença devia ter afetado o cérebro de dona Maria. Aonde ela queria chegar? Quem sabe o que se passa na cabeça de quem está a dois passos da morte? Ela fazia pausas, a empregada entrou, ela pediu que abrisse só um pouco a cortina. Entrou um raio de luz fraco, filtrado pelo forro da cortina. O rosto redondo tinha afinado, algumas mechas de cabelo branco quebravam o antigo negrume da cabeleira. A empregada abriu um monte de frascos, de cada um tirou um comprimido, pegou água na garrafa, a fez engolir um por um e saiu.

— Você sabe por que lhe chamei?

— A empregada não me disse nada.

— Nem podia. É um segredo. Promete que leva ele pro túmulo?

Uma doente falando em túmulo...

— Davizinho?

— Senhora?

— Eu vou morrer.

— Que é isso, dona Maria? — eu disse, dominando um leve engasgo na voz, mas não tive coragem de dizer "a senhora ainda vai viver muito".

— Você está precisando de dinheiro?

Ela sabia das dificuldades de minha família pra me dar boa educação. Será que queria deixar algum pra mim?

— Os médicos me rasparam o tacho, mas ainda tenho um restinho.

Silêncio. Voltou a falar.

— Venha cá, Davizinho.

Me aproximei. Sentei na beirada da cama. Ela pegou minha mão e colocou sobre seu peito. O coração batia compassado.

— Veja como estou só pele e osso.

Botou minha mão por dentro da camisola e fez pressão sobre o seio direito, alisando-a devagarinho, os olhos fechados. Dava agonia apertar aquele peito flácido que, de tão quente, parecia querer queimar minha mão. Nada lembrava os seios do outro tempo, que só faltavam pular da blusa. A alça da camisola derreou e vi como ela estava mesmo só pele e osso, as clavículas salientes, gotas de suor nas saboneteiras do pescoço. Minha vontade era desaparecer dali antes que alguém abrisse a porta e me visse com a mão em seu peito. E se seu Alan chegasse, mesmo sendo ex-marido, ia pegar mal. Constrangimento maior do que aquele eu jamais iria passar. Abriu os olhos, franziu a testa.

— Um calor! Dá vontade de arrancar tudo!

Pediu-me para afastar os lençóis de suas pernas. Os joelhos

nem lembravam aqueles do passado, que me deram boas horas de orgia. O corpo era um gasguito coberto pelo cetim da camisola.

— Davizinho, você tem namorada?

— Agora não, estou só estudando pro vestibular.

— Você sabe que, desde que Alan me deixou, eu...

A frase ficou no ar.

— Também, quem ia querer brincar só com pele e osso? Veja como meu coração está batendo mais forte.

Retomou minha mão, pôs agora sobre o seio esquerdo e continuou fazendo a mesma pressão de antes. A outra mão ela pousou em minha coxa. Estava tão quente que meus cabelinhos se ouriçaram. Fechou os olhos, parecia atenta a qualquer movimento meu. Sob seu comando, a pressão ora aumentava, ora diminuía. Tudo sem uma palavra. Ao fim de alguns minutos, retirou minha mão com um gesto de enfado, quase fazendo-a desabar na cama. Levantou com as duas mãos o cabelo na altura do pescoço, como para refrescar. Eu cruzei os braços, estava frio demais. E dona Maria destrambelhou a falar coisas do tempo de casada, do que o marido fazia, do que ela gostava e não gostava, coisas que só era possível contar confiando muito mesmo no outro. A voz tinha ficado até mais firme. Na certa, queria desabafar. Tem gente que antes de morrer desanda a falar e a contar segredos, foi assim com minha avó. Dizem que os pensamentos mais fortes da pessoa vêm à tona nessa hora.

Minha cabeça deu um nó. Sua febre devia estar altíssima. Eu não conseguia articular um pensamento. Não sei como estava a visão de dona Maria, mas se ainda estava boa deve ter visto minha cara de perplexidade. Minha vontade era sair dali o mais rápido possível. Não acharia ruim se um alçapão se abrisse aos meus pés. Ela parecia estar aguardando algum gesto especial de minha parte, o rosto meio de banda, um olhar de quem pede algo pela última vez. Aquilo me deu uma pena... Eu já estava em trajes de ginástica, seria até fácil baixar o calção. Me achei de uma indignidade sem mais tamanho ao pensar isso. Lembrei de uma vez, eu lá pelos treze anos, assim de calção vendo televisão na casa dela (foi a primeira da rua a ter uma) e dona Maria, sentada ao meu lado, procurando com a mão, "ué, cadê, cadê?". Ela sempre foi muito brincalhona. Sorte que vinham entrando os filhos. Você pode esperar os pedidos mais estapafúrdios das pessoas sadias, mas um pedido daquele, de alguém no estado dela, mesmo que só insinuado, só podia ser coisa da febre. Eu estava assustado. Ao mesmo tempo estava com pena dela, não tinha como atender o seu desejo. Doido pra que a empregada voltasse só pra ganhar tempo e sair de fininho. Acho que ela viu que dali não ia sair nada.

— Você continua o mesmo menino bobo, não é, Davizinho? Meus filhos são da sua idade e já conhecem mulher.

Fiquei chateado pelo tom com que ela disse isso, um tom muito ferino, acompanhado daquele jeito de entortar a boca pro lado direito como fazia quando tomada por alguma emoção. Relevei. A gente não deve levar em conta o que falam os desenganados. Ela cerrou os olhos, a mão esquerda acariciava o pescoço. Não sabia o que me segurava ali, podia ir embora sem dar a mínima, nunca mais iria vê-la mesmo... Se saísse dali e contasse, ninguém acreditaria. Achei que ela estava adormecendo, já devia ser o efeito dos remédios que a empregada lhe dera. Me afastei devagarinho, tomei a direção da porta e nem olhei pra trás. Dei tchau só por dar. Ela nem respondeu. Estava todo confuso, atordoado. Ao sair, nem falei com a empregada, que me abriu a portona de madeira trabalhada. Ela disse "obrigado, Davizinho, tchau".

O sol me recebeu com uma lufada de vida que me assustou. Na ginástica não consegui me concentrar em nenhum exercício. Na Aliança foi pior, não entendi patavina de um tal de *gérondif*. Só pensava se, num de seus tresvarios, dona Maria abrisse a boca e dissesse que eu tinha apertado seus peitos. Ou sei lá, inventasse que eu tinha transado com ela. Iam me chamar de maluco, tarado, que me aproveitara de uma quase-defunta. Ia ser a maior vergonha da minha vida. Ninguém ia acreditar que fora ela que tinha me tentado. Meus pais não acreditariam que eu tinha sido capaz daquilo.

Minha agonia ainda ia durar mais de uma semana. Passava pela porta da casa dela todo desconfiado, não tinha nem coragem de olhar pro lado. Ainda bem que a empregada vivia lá pra dentro. Nem o jardim aguava mais, estava virando um matagal. Só recobrei minha tranqüilidade quando soube que dona Maria entrara em coma. Numa tarde, voltando do colégio, ao chegar à esquina da minha rua, senti o maior alívio. Havia um ajuntamento de carro à sua porta. "Que Deus a tenha." Nunca na vida pronunciei frase mais reconfortante.

# Mal-assado

— E aí?
— Depois a gente resolve.
Puta que pariu. Era sempre assim, ela fazia a mesma pergunta e ele dava a mesma resposta! Não dava pra agüentar mais, fosse pra casa do caralho, ele e suas faltas de resposta. Até que cansou. Disse num dia de briga forte "vá tomar no cu" e se mandou. Sempre assim, depois a gente resolve e não resolve nada! Melhor se mandar de vez e ver se a vida não seria mais fácil sem ele.

Foi morar na casa da mãe, mas seis pessoas num cômodo só, sem privacidade nem pra soltar um peido! Fez de tudo: empacotadeira de mercadinho, faxineira de motel, ajudante de costureira, até limpar cu de velho limpou pra ganhar um dinheirinho. Tentou ser puta, mas só aparecia velho, um nojo danado daquelas carnes moles, e eles gostavam de pedir só coisas nojentas. Aí viu que não dava. Cansou de dar murro em ponta de faca. Voltou pro Duda com uma garrafa de vinho barato, bem docinho como ele gostava. O pior foi que ele a obrigou a comemorar a volta. Logo vinho tinto, que lhe dava uma puta dor de cabeça.

Arriada, acordou arriada, tudo zunindo em volta, triste de não ver nada pela frente. Tava ruço. Retomou o velho balde, a vassoura, e caiu na vidinha de antes. Àquela altura Duda já devia estar na esquina jogando o pouco dinheiro que ela havia trazido, apostando no bicho, capaz de jurar que era na vaca, só porque ela voltara. De noite ia ser o mesmo nhenhenhém. Dia de muito biscate, ele voltava de sacola cheia, compartilhava com ela pão de forma e mortadela e para arrematar um gole de Pitu. Gostava de fazer ela beber, e ela bebia pra não apanhar. Tinha boa origem, chegara ao segundo grau, até curso de informática começou mas parou por falta de dinheiro. Seu pai nunca imaginaria aquela desgraça de homem pra sua filha. Paixão, o que a paixão não faz?, era o que dizia nos primeiros anos, e depois deu naquilo.

Pensou o dia inteiro num jeito de se livrar do infeliz e não perder o barraco. Não deu em nada. A vida dela era um bloqueio só. Sem saída. Nem pra morrer tinha coragem. De noite, foi como tinha previsto, ele por cima dela, naquela rapidez de sempre, sem beijo nem nada. Ele dormia logo depois, ressonando forte, e ela sem pregar o olho, tiririca da vida, gozar não gozava mesmo, muito menos daquele jeito como ele fazia que tinha até vergonha de contar.

No outro dia, a cabeça era uma chaga só, uma enxaqueca dos diabos. Como reclamar a sua parte? Ele dormia na hora, fedendo a álcool, nu, sem se lavar, o porco, para acordar de madrugada ainda com aquela coisa dura encostando nela, sugerindo mais. Fingia que estava em sono profundo. Aí ouvia os passos rápidos dele indo apressadinho pro banheiro. Será que o desgraçado ainda tinha coragem de, sozinho, naquela idade? Ouvia o puxar da descarga e os passos de volta, enquanto ela se desesperava, faltando. Encostava-se nele pra ver se ainda estava duro. Não estava. Então era verdade que ele fizera sozinho.

Um dia tomou coragem e perguntou pra vizinha se homem

depois de certa idade, mesmo casado, e fez um gesto rapidinho com a mão. A vizinha não se fez de rogada: "Se o meu se resolve sozinho, problema dele, porque boa de cama eu sei que sou". Sentiu-se menor ainda. Será que ele fazia aquilo só pra ela saber que não era de nada, pouca ração pro seu pinto? Que sabia muito bem se virar sozinho? E não é que uma noite ela tomou o maior susto, quando, assistindo a novela depois de mais uma discussão, ele sentou-se diante dela no maior desacato e disse gritando pra todo mundo na vila ouvir que ela ia ver o que era macho, gritando feito um desesperado, já que ela não queria nada com ele, que prestasse bem atenção pra aprender como é que se faz e baixou o calção. Ficou besta com a agilidade dele, ela sempre foi muito cuidadosa nessas coisas, medo de machucar. E ele lá, olhos arregalados, olhando bem na cara dela, dizendo "aqui tem macho", se esvaindo todo no chão pra ela limpar. Depois saiu assoviando, dizendo que estava pronto pra outra. Ela chorou por dentro não só pelo desperdício, mas por mais um fim de seu casamento. Ainda pensou: melhor assim que com outra. E foi buscar um pano pra limpar.

Pouco a pouco foi deixando de pensar na miséria que era a sua vida. Ter coragem de ir com outro não tinha. Sozinha que nem o tal, nem pensar. Uma psicóloga até falara de tarde no programa da apresentadora despachada que toda mulher devia se conhecer melhor, pôr um espelhinho na frente e se examinar, descobrir onde sentia mais prazer. Não era pecado. Até que tentou, mas teve vergonha e guardou o espelho. Dali em diante, se negou pra sempre. "Vai criar teia de aranha", ele falou debochado, numa noite em que a procurou fedendo a conhaque.

O casamento estava mesmo acabado. Não tinha mais jeito. A vizinha falou que sem foder homem não fica. "Tem de furar, minha filha, tem de furar, senão o homem larga da gente! O meu, se quiser dar cinco, tô com ele e não abro!" Capaz dele já ter outra. Então o casamento era só aquilo? Trepar trepar trepar até o mundo se acabar? Se era assim, o dela estava perdido de vez. Foi se confessar e contou ao padre o que estava sofrendo. E ele disse que casamento sem filhos dava naquilo, caía na esterilidade dos próprios sentimentos. Não entendeu nada, mas achou bonito. Na volta pra casa, juntou uns trocados e comprou um quilo de carne de segunda. O açougueiro tinha olhos mais bonitos do que o galã da novela das oito.

Quanto mais luminosos achava os olhos do açougueiro, mais bonito ficava o pedaço de carne. Admirava a habilidade do homem limpando as gorduras, nenhuma pelanca, nenhum contrapeso, e como a carne brilhava à luz do sol que batia no balcão! "Hoje tem carne de gente!" Falava agora animada ao marido, enquanto ele punha na boca o naco de capa de filé com a farofa amarelinha. Até que um dia, sem saber como, aconteceu.

"A gente faz coisa na vida que nunca imaginou", foram as suas primeiras palavras quando se levantou do chão gelado, ajeitando a saia jeans. O galã se limpava no avental sujo de sangue, pois foi lá dentro mesmo, quando ele a chamou pra escolher o pedaço de carne. Não gostava nem de lembrar como chegou a se deitar naquele chão forrado com uma esteirinha de praia, bem ao lado de um quarto de boi dependurado pingando sangue. Mesmo tendo sido rapidinho, foi outra coisa! Bem diferente do tal. O que ela sentiu lá longe, no mais longe de si mesma, pela primeira vez na vida, era que nem o brilho rápido da faca afiada e o clarão dos olhos do açougueiro. Só deu conta de si quando ele se ergueu e abotoou as calças e partiu para pegar o pedaço de carne para ela. Nem pesou. Ele disse que ela podia se lavar ali mesmo, tinha um chuveirinho só pra isso. Não foi. O cheiro de sangue coagulado e mais aquelas tiras dependuradas de gordura fresca a deixaram com ânsia de vomitar, e ganhou o caminho de casa sentindo escorrer entre as pernas todo o nojo do mundo. Tinha a impressão de que ia deixando pela rua um rastro de sangue e gosma, como se tivesse uma bolsa furada entre as pernas.

    Com o coxão mole que ganhou fez um belo mal-assado para esperar o marido. Foi quando ele começou a mastigar que de dentro dela veio um ódio sem mais tamanho. Duda mastigava feio, a veia do pescoço inchada, no ponto pra furar com a ponta de uma agulha.

# A linda Lili

Lili era uma louca santa. Cantava bonito, e nossa rua se iluminava com sua voz nas noites de novena. O "Glorioso santo Antônio" coincidia com o pipocar dos foguetes e Lili chorava como as velas do altar improvisado na nossa salinha, feito com muito gosto. No alto dos caixotes forrados de papel crepom, uma imagem do nosso santo preferido. Ao lado, um estrado, ou melhor, um caixote de maçãs que nosso pai pegava no mercado, já vazio, é claro. Aquilo era tudo para nós. Bastava o altar, o estrado e a voz de Lili pra nos salvar de tanta miséria, de tanta dificuldade.

Lili, não havia menina mais linda na Jabutiana, com seus cabelos longos e lisos, sobretudo assim, vestida de santa Maria Gorete. A pele que nem seda da Pérsia, como dizia minha mãe. Lili, já com vinte anos e cara de menina, nem peito tinha, a voz era mesmo de uma criança. Falava-se aos cochichos do corpo de Lili. Um corpo de menina que nunca tinha sangrado. Eu não entendia nada. Viviam consultando médiuns e adivinhos, até macumbeiro já tinha ido lá em casa a contragosto de minha avó, religiosa do jeito que era. Correu muito sangue de pombo no quartinho dos fundos da casa e nada de Lili pegar corpo de moça. Minha mãe já fizera mil promessas mas não dizia pra quê, por mais que eu perguntasse. Até o dia em que umas gotas de sangue escorreram pelas pernas de Lili sem ela ver, enquanto cantava o "De rosas e lírios".

Uma alegria inusitada tomou conta da casa, da vizinhança, e até os homens que ficavam bebendo lá fora, amigos de meu pai, vieram ver. Havia se realizado o maior milagre e eu nem desconfiava qual era. Era como se Lili tivesse cantado a vida toda só pr'aquele instante. Para enxugar o filete de sangue, minha tia mais velha tirou a toalha da mesa, tomando cuidado pra não fazer ir ao chão as cocadas e os pés-de-moleque. As velhas que estavam na fila da frente logo acudiram com os véus para guardar o sangue como relíquia.

Levaram Lili às pressas pro quarto e ela se foi ainda cantando, talvez pra aliviar tanta dor. Depois foi o silêncio que deixou todo mundo na salinha sem saber o que fazer. Ainda teve quem puxasse um hino, mas em vão. Só Lili era capaz de incendiar a salinha e a rua com sua voz. Nunca mais ela cantaria "Queremos a palma contigo no céu", quando a voz parecia alcançar mesmo as maiores alturas. Os que ainda tinham esperança de ver Lili de volta continuaram rezando o terço, mas sem nenhum entusiasmo. Ela não voltou a cantar nem naquela noite nem nunca mais. Foi meu pai quem veio dizer que a novena estava suspensa e se deu por encerrada a festa. Ele jamais gostou daquela presepada, como dizia, a cara sempre cheia de cachaça.

Fiquei preocupado com Lili sangrando assim de repente. Minha mãe ficou calada num canto, minhas tias contrariadas porque tiveram prejuízo com os doces. Meu pai, vendo minha cara de susto, disse que era assim mesmo a vida, Tonho, mulher tem de sangrar que nem as cachorras. Minha mãe olhou pra ele de um jeito que ele saiu todo escabreado.

    O pior de tudo foi o silêncio de Lili. Nem um gemido, nem uma palavra de desgosto dali em diante. O que um dia fora encantamento virou preocupação. Minha avó culpou minha mãe por ter dado a ela tanto chá de canela pra descer. Era assim que ela falava quando toda noite minha mãe levava a caneca com o chá pelando. Agora o que deram foi chá de capim-santo com alfavaca. Lili dormiu até o outro dia. Quando acordou, eu pedi pra ela cantar o "Glorioso santo Antônio" só pra ver se ela voltava ao que era, mas que nada! O que cantava eram coisas sem sentido lá da cabeça dela.

    Meu pai falou que Lili não podia continuar daquele jeito e tiveram de chamar o doutor pra ver se o sangue parava e ela recuperava a alegria de menina. Pelo jeito, era como se tivessem tirado dela uma tampa e a sangueira corria sem fim, porque eu via sair do quarto uma porção de toalhinhas vermelhas dentro de uma bacia enorme que minha avó ia lavar na fonte.

    Tiveram de levar Lili pro hospital. A ambulância com aquela sirene desamparada rasgou tão forte na manhã de São João que nem nos lembramos de ir olhar nosso rosto no espelho da fonte. Adeus festa, adeus cânticos, adeus Lili. Depois veio a notícia de que ela ia ficar uns dias internada, e pra todo mundo foi a maior tristeza. Eu ficava pra lá e pra cá o dia todo, brincando com qualquer coisa pra ver se chegava logo o dia da volta de Lili. Que nada! Parecia um tempo de não ter fim. Queimou a fogueira de São João, a de São Pedro, a de Senhora Santana e mal tínhamos notícias de Lili. Que estava bem melhor, que tinha engordado e em breve estaria em casa.

    Até que enfim Lili voltou, mas aí o cheiro não era mais de milho assado nas fogueiras. O ar já estava tomado pelo cheiro dos cajus e dos doces que minha tia fazia com eles. A vizinhança chegou e logo encheu a salinha. Todos se admiravam como Lili tinha botado corpo em tão pouco tempo, só podia ser a comida do hospital cheia de vitamina. Tinha ficado até mais bonita. Só eu que não achei. O rosto parecia inchado. Está mais forte, diziam uns, gordura é formosura, diziam outros. Pra mim era uma outra pessoa que eu tinha ali na minha frente, não era mais a linda Lili. No rosto, de igual só os olhos, que ainda tinham um pouco do brilho de antigamente. O nariz ficara de batatinha e os lábios tinham mais carne que antes. Eu vi que Lili nunca mais seria a mesma, e ela me olhou do mesmo jeito que eu olhei pra ela. Os cabelos tiveram de cortar, deixando descoberto um pescoço linheirinho, que eu nunca tinha visto, nem mesmo quando ela lavava a cabeça na fonte. A voz, quando ela se dirigiu a mim, tinha se modificado. Rouca e feia. Sobretudo triste.

Quando ficamos sozinhos, Lili falou: "Estou um cocô, né, Tonho? Me deram tanta beberagem, tanta injeção doída, tudo por causa desse sangue maldito", e abriu uma sacola cheia de toalhinhas mal lavadas. "Agora vou ter de andar todo mês com isso entre as pernas, foi o doutor que disse." "Que canseira", eu falei, "ainda bem que homem não tem isso." Lili disse: "Sorte sua ter nascido homem". Tinha se ferido pra sempre. Tentei dizer "você será sempre linda, Lili", mas não consegui. Estava era admirado que seus peitos tivessem crescido daquele jeito e os quadris se arredondado tanto quanto os da minha tia mais nova. Ela disse que não gostava do corpo que tinha agora e começou a chorar. Não se incomodava se tivesse morrido com cara de menina e nem desconfiava do que ia ser o resto de seus dias sangrando assim. Depois encostou a cabeça no meu peito, enxugando os olhos com os dedos, e foi aí que senti pela primeira vez meu corpo dar também uns estranhos sinais de desespero.

# Barba de arame

Ela só sabia dizer que ele tinha uma barba de arame. Quando a beijou, a barba era tão dura que a machucou. Ele a colocou entre as pernas e a deixou tonta com o cheiro de vinho ruim. Por isso ela nem soube como aquilo entrou e a machucou tão fundo. Ele a segurou com força e quase a fazia chorar. Mas no mesmo instante ela sentiu um alívio muito grande. Depois ele a colocou no chão, e foi aí que ela pensou: esse homem é Jesus-Deus, igual ao da folhinha que tem lá em casa.

— Diga a coisa que você mais quer — ele falou abotoando a bermuda.

— Uma latrina.

Ela queria uma latrina, a coisa que mais queria na vida, ela e sua mãe, que vivia pelo mundo da maré para arrumar comida pras duas. Já não agüentava mais comer maçunim e caranguejo. Estava ficando uma mocinha e tinha vergonha de cagar no descampado com os pés quase dentro da água podre, de fazer todas as necessidades assim em campo aberto, correndo quando via alguém, como naquela manhã quando ele a viu mijando na beira do mangue. Só que ele não deu vaia como os outros. Olhou-a com os olhos azuis de Jesus-Deus, sorriu de um jeito tão compreensivo que nem teve medo quando ele se aproximou. Pareceu compreender toda a vergonha que ela sentia. Por isso, foi com ele ver a casa abandonada, ele, tão diferente dos outros que andavam por ali, com aqueles cabelos longos e amarelos.

Ele falou que sim, ia mandar fazer uma latrina bem jóia para ela e a mãe cagarem à vontade sem ninguém ver. Só foi ruim a barba e o cheiro de vinho estragado que vinha de sua boca.

De noite, não contou nada à mãe. Lavara a barra do vestido sujo de sangue, e nas orações, antes de dormir, rezou pra ele, pedindo que ele voltasse pra fazer sua latrina. Jesus-Deus ia salvá-la da miséria, a ela e a sua mãe. Nem disse pra ela que tinha encontrado o Jesus da folhinha pra não ouvir mais uma vez a mãe gritar que ela era doida.

Agora, sempre que ia fazer as necessidades, pensava nele. Ficava ali acocorada imaginando como seria a sua latrina. Seria melhor que fosse dentro de casa, mas isso era impossível, o barraco mal se sustentava nas estacas. Enquanto ele não vinha, via-o nos sonhos e nem tinha medo.

— Mãe, o que é que sai de dentro do homem?

— Você é ainda muito menina, Luana. Isso é pergunta de quem já se perdeu.

— E o que é se perder?

A mãe não respondia. Respondiam as cachorras no lixo. Ela ficava olhando, aqueles bichos grudados e a meninada atrás jogando pedra. Um dia a mãe passou e disse: "É isso que é se perder". Ela aprendeu a lição.

Depois de algum tempo, ela nem sabia medir se era muito ou pouco, ele voltou. Veio numa bicicleta vermelha faiscando, chamou-a e foi direto com ela na garupa para a casa abandonada. Casa mesmo, não, nem telhado tinha. Os cabelos louros brilhavam ainda mais ao meio-dia. A mãe continuava no mangue atrás de siri, peixe, o que fosse. Ele deu a entender que ela estava maior, não era mais uma menina de botar no colo, como da outra vez. Não dava mais pra brincar de cavalinho. Amanhã mesmo ia começar a construir sua latrina, não tinha esquecido. Pediu que ela se deitasse e ela sentiu o cheiro ruim do mangue batendo nas tábuas quase perto de seu corpo. "Feche os olhos", ele disse, e só os abrisse quando ele mandasse. Assim fez. As mãos dele escorregaram por suas pernas e ela nem teve medo. Ele meteu a mão pela perna dela e ela com os olhos um pouquinho abertos se lembrou do anjo Gabriel de outra folhinha com sua espada erguida. Ele disse que ela não tivesse medo, era normal tudo que acontecia entre um homem e uma mulher. Que ela já era uma mulher e fosse boazinha. Só. Ela se sentiu grande pela primeira vez, não mais a menina como a mãe a tratava. Ele fez umas coisas diferentes da outra vez e ela só não gostou do visgo que ficou entre as pernas. Depois ele disse que podia abrir os olhos e ela abriu e viu os olhos dele tão azuis e cheios de bondade que quis chorar. Ele tinha cara de quem ia mesmo construir sua latrina.

De noite, não se conteve e disse pra mãe:

— Mãe, Jesus vai fazer uma latrina pra nós.

— Que Jesus, menina?

Calou-se.

Da terceira vez, ele veio acompanhado de mais dois. É agora que vão fazer minha latrina, pensou. Um tinha a cabeça raspada. O outro, parecido com ele, tinha os mesmos cabelos dourados. Ele disse que eram os pedreiros e logo iam começar a fazer a tal latrina. Iam ficar ali só olhando, não tivesse medo. No fim, a mesma coisa da outra vez, aquele visgo entre as pernas que ela lavou na beira do rio. Mas ainda não foi daquela vez que ela teve a latrina. Ele disse que vieram só pra ver quanta madeira precisava.

Dera agora para fazer as necessidades rezando, as rezas que a mãe lhe ensinara quando menina. Não esquecia que Jesus dissera que ela já era uma mulher. E era só ouvir uma catraca de bicicleta para ficar toda atenta, achando que era ele de volta com os irmãos. Mas Jesus nunca mais que vinha. Veio tempos depois, mas sem os cabelos louros, a cabeça toda raspada e um curativo na testa. Foi só por causa dos olhos que ela o reconheceu. Os olhos de bondade do Jesus da folhinha. Ele falou que dali a pouco ia chegar o material, mas antes tinham de ir lá na casa abandonada. Só que a casinha agora não existia mais, a maré tinha levado. Ele pareceu contrariado e disse que agora tinha de ser na casa dela, senão latrina nunca mais. E quando ele já estava em cima dela, a mãe chegou e ele saiu pulando mangue afora. Ela quis porque quis saber quem era aquele homem e disse que iam ter de ir à delegacia pra fazer os exames.

Após muito esperar, ela entrou sozinha na sala do delegado e lá perguntaram coisas que ela nem sabia responder. Só sabia dizer que ele tinha olhos azuis e uma barba de arame. Na sala fria para onde a levaram depois, mandaram que ela subisse numa cama estreita e veio um doutor que futucou, futucou e nem falou em latrina.

# Mulher sentada

*Nuvens nos seus olhos?*
*Nuvens sobre seus cabelos.*
João Cabral de Melo Neto

Com o tempo, os objetos foram se afastando enevoados, e deles restaram apenas os contornos e a necessidade de lentes cada vez mais grossas. E vieram os muitos óculos que foram se substituindo diante dos chefes sempre novos. Guardara todos, cada um na sua caixinha e com uma história. Desde os de armação tão sinistra até os mais modernos, de uma tal leveza que às vezes pensava estar sem eles. E os anos sombriamente vividos iam dar agora em sua mesa de secretária correta.

Todas as manhãs, o penteado firme, o andar de quem sabe que não se atrasou jamais. Mas em tudo uma ausência, uma coisa que ela não sabia explicar direito, deixando-a cansada a cada fim de tarde. Estirada na cama, a bolsa jogada ao acaso, vinha aquela vontade de ter um amigo a quem contar um pouco de sua vida. Era uma mulher segura, com soluções rápidas para tudo. Se porventura perdia o ônibus, tomava um táxi, sacrificando o cinema do fim de semana. Tudo se encadeava com perfeição. Havia sempre outro caminho a tomar se o principal não desse certo. Tirando as várias e repentinas mudanças da firma, sua vida sempre fora aquela linha de horizonte que a deixava tranqüila. Era com pânico que ouvia falar em mudanças, mesmo que fosse de uma sala para outra. Até que veio a definitiva, do outro lado da baía, um prédio todo espelhado.

Com certo orgulho inaugurou aqueles corredores, abriu os armários com cheiro de madeira nova, olhou a cidade daquela que seria a sua janela. A última, ela esperava. Sentiu uma leve tontura ao olhar do décimo oitavo andar, mas apertou com força a cabeça do mindinho e tudo voltou ao normal. A unha do polegar estava lascada na ponta, chegando a arranhar a pele. Nos lugares onde trabalhara, fora deixando fragmentos de si: unhas quebradas, fios de cabelo, até uma lasca de dente que ela tirou da boca junto com um pedaço de maçã. A firma, no entanto, era uma parte sólida de seu corpo e não sabia como viver sem ela. Quando não estava em sua sala, tinha de administrar uma fome esquisita, até chocolate queria comer, mas não era boba. Morreria com aquele corpo que conservara até ali.

Foi com alegria demorada que se acostumou àquela mudança. No princípio rejeitara, como sempre fazia diante de tudo que era novo. Também, faltava pouco para se aposentar. Depois, habituou-se à perspectiva de todas as manhãs poder ver as águas do mar batendo forte na barca. Era uma forma de se distrair do mundo fechado em que vivera até então. Pensou em se mudar para perto da firma, mas teve medo. Uma dor durante a noite e tudo estaria perdido, mesmo com o plano de saúde pago em dia. Onde morava, por mais que não falasse com ninguém, todos a conheciam, nem que fosse pelo penteado.

Nunca iria esquecer a primeira vez que pôs os pés na barca.

Ao primeiro solavanco, pensou que tudo fosse afundar. A bolsa sobre as coxas magras, calma, como suas mãos paradas e ossudas, parecia um bicho morto. Dentro, quase nada: um batom, a carteira onde não faltava um espelhinho e os óculos de reserva. Cartões de crédito, jamais carregava. O olhar ia até longe, até a entrada da baía, onde barcos tão pequenos se aventuravam ela não sabia como. O lado direito era mais bonito que o esquerdo, a lhe mostrar que aquelas águas não eram tão limpas quanto imaginava. E já se via afogada, bebendo restos de óleo e esgoto.

Os dias se sucederam, agora com um gosto de aventura. O encontro com um mundo cuja existência ela ignorava até bem pouco tempo atrás. Diante dos sinais fechados, o coração exultava, a sensação de estar no centro do mundo, misturada a todo tipo de gente. E depois, a calma travessia do mar. Fechava um pouco os olhos, deixava-se tomar pelo ar salgado, pelo cheiro das algas. Sua vida mudara. Tinha certeza de que mudara e até que não era tão ruim como pensava. Antes se sentia uma pessoa em meio à multidão, mas agora fazia parte de uma casta privilegiada, a dos que tinham de tomar a barca todas as manhãs. Gostaria de ter coragem e se deixar levar para mais longe, saber aonde iriam dar aquelas águas, mesmo sendo tão sujas. Mas isso ficava para os jovens. Notou que pensara a palavra com uma distância de que nunca tinha se dado conta. Os olhos se encheram de água. Uma onda arrebentou bem rente à janela, assustando-a. Não podia fixar demais a claridade, o sol tão forte àquela hora. Vira como estava distanciada de tudo. Não gostava de certas palavras que pareciam tê-la abandonado para sempre. E o "para sempre" dava na sua testa com a mesma força das águas no casco da barca. Alguma coisa poderia afundar de repente, por isso tanta bóia ali no teto. Será que dava para todo mundo? Se ela afundasse, nunca mais voltaria à superfície. Morreria em paz. Não tinha mágoas da vida, nem de ninguém. Nunca amara. Amara, sim. Aqueles cuidados com o pai numa cama não foram uma forma de amor? Amara, sim. Mas um amor capaz de romper-se a um esforço maior. Felizmente ele morrera. Amigas, não tinha amigas. Os homens, apenas bons chefes.

Certa manhã, ao saltar da barca, teve a sensação de que estava solta por dentro, uma coisa esquisita a se descolar do corpo, difícil de prender de novo. Parecia um caroço de abacate maduro. Talvez o sacolejo das águas não estivesse lhe fazendo bem. Quase vomitara. Chegou a ter vontade de pedir, assim que chegasse ao escritório, uma licença, ou, caso negassem, demissão. Está ficando louca, Carminha? Não tinha mais idade para largar tudo assim e começar outro tipo de vida.

Mais alguns meses e as viagens perderam o sentido da aventura. Agora eram os vinte minutos mais longos da vida. Mil vezes encarando a máquina elétrica, que só faltava falar. Nunca quis que a trocassem por um computador quando a firma se modernizou. Computador ficava para aquelas mocinhas desmioladas que riam na cara dela quando estavam contando suas aventuras.

Aqueles minutos parados na barca só estavam agora lhe trazendo ruminações absurdas, coisas de difícil realização. O que mais queria da vida? Bom salário, respeitada, com ela nenhum daqueles homens perdia tempo com gracinhas como faziam com as novatas, que só faltavam dar ali mesmo, no escritório. Ela se recriminava: "Deixa de maldade, moça!". Ainda bem que perto dela não falavam aquela linguagem chula que às vezes ouvia de passagem. Falavam trepar com a mesma desenvoltura de quem diz bom-dia. Quando a viam, se calavam, ela ainda impunha respeito. No dia em que não impusesse, pediria as contas e iria embora. Já estava em tempo de se aposentar. Antegozava o dia em que largaria tudo aquilo, o chefe iria sentir sua falta. Ia sofrer, ora se não ia. Ria por dentro dessa vingança natural do tempo. De tudo, o que mais odiava eram as lentes grossas que a enfeavam tanto, dando-lhe uns dez anos a mais. Estava cansada, isso sim, melhor tirar logo férias antes que o estresse a derrubasse.

E começou a visitar agências de viagem, a comprar revistas onde o mundo era mostrado em todos os detalhes. Arrumara o que fazer durante o trajeto que tanto a incomodava. Só tinha medo de descolar a retina naquele balanço das águas. Gostava de ler, sabia mais português que todos os seus chefes juntos. Sentia o maior orgulho quando vinham lhe perguntar se tal palavra se escrevia com s ou com z. Nisso ela era craque. Às vezes parava a leitura, ficava imaginando como seria Roma, Berlim, Viena... De mão no queixo, olhava a paisagem com vontade de chorar, sem saber direito por quê.

A revista ficava aberta no colo, e ela pensando no preço das passagens, dos hotéis. Tudo muito caro, e se morresse por lá? Tem o seguro, dizia a mocinha da agência. Até o traslado fazem. Isso a acalmava um pouco, e voltava a pensar em Veneza, Roma, Paris. Túnis, adorara a matéria sobre a Tunísia, mas e os árabes? Eram sempre um perigo com aqueles olhares afiados de quem vasculha a alma alheia.

Dia após dia, seus temores foram ficando mais fortes. Cresceram mais ainda numa tarde de gaivotas voando próximo à barca. Como nunca tinha notado a presença delas? Ali, tão perto, e jamais notara. Mergulhavam num baque só, mesmo que não trouxessem nenhum peixe no bico. Decididas, mergulhavam naquelas águas sujas. "Quanta coragem!", pensou em voz alta, assustando o passageiro ao lado. Sentiu vergonha. No casco da barca, as águas batiam como se procurassem uma saída de antemão impossível. Batiam e voltavam com mais força ainda. E no alto, os pássaros afoitos e tão leves, de bico e olhar espertos, o cais distante. A boca ressecada, passou a língua nos lábios. Nenhum sinal de chuva.

# Gatos em estado terminal

Já nem nos olhávamos mais. Eu e Joana, entrados nos anos, desviávamos o olhar um do outro porque encontrar nela a devastação do tempo era o mesmo que encontrá-la em mim. Àquela altura já havíamos esgotado todos os subterfúgios. Os livros já tinham ficado todos parecidos, e as receitas possíveis sido preparadas. Chega-se a um ponto em que tanto faz *Os cantos de Maldoror* ou *O pequeno príncipe*, assim como tanto faz preparar um prato de aipim ou de endívias.

A idéia não foi minha, foi de Joana, ao passarmos pelo gato na esquina. Por que não criar um animal, dedicar a ele um pouco de nosso tempo? Sempre fui refratário a qualquer bicho, sobretudo gato. Gato urina tudo, a casa fica fedida, quando você passa a mão sem querer em algum lugar, sai grudada de xixi. E depois são escandalosos quando trepam. Joana não gostava quando eu falava assim.

Mas até que a proposta dela era razoável. Teríamos uma razão mais nobre para nossos dias, para descansar o olhar um do outro. Olharíamos o gato em vez de nos olharmos. Ela nunca quis fazer plástica, preferia envelhecer com o rosto de sempre. Eu nem quis saber de pintar os cabelos. Ficava tudo muito falso, e qualquer um observa logo essas notas dissonantes em nosso corpo. A verdade era que estávamos cansados um do outro, praguejando à toa, nem mais as idas ao shopping à tarde estavam resolvendo. Ficávamos lá sentados diante de uma xícara melada de café como quem olha para a própria falta de desejo.

Foi ao alcançarmos o paroxismo disso tudo que vimos aquele gato na esquina. Fazia bem umas duas semanas que ele não saía de lá. Sempre todo enrolado, todo triste. Nunca tive pena dos gatos, mas daquele tive. Joana sempre foi mais compadecida dos animais que eu. Chorou um dia ao ver um cavalo atropelado. Chegou em casa atordoada, ele tinha o olhar tão triste, como a pedir socorro, a perna bamba, presa ao corpo apenas por um fio de pele. "Era melhor dar-lhe um tiro, acabar de vez com o sofrimento", eu disse. Ela ficou chocada. Os gatos a tocavam mais do que tudo, dizia que eles tinham olhar de gente, sempre tão desamparados, separados da mãe ainda bem pequenos, por isso se apegam tão fácil a qualquer um. Eu não dava muita bola para esse discurso de Joana.

Com gato, das duas uma: ou você se apaixona ou os odeia para sempre. Esticam até onde podem a nossa sensibilidade, para o bem ou para o mal. A minha e a de Joana de há muito estavam embotadas. Já não tínhamos uma razão para estar juntos. Então que fosse bem-vindo um gato. Subitamente nos apaixonamos por aquele da esquina, que não era gato mas gata, toda comida de fungo, o rabo era uma craca só, as orelhas tomadas por formigas. Melhor assim, exigiria dedicação integral.

Joana me olhou, eu olhei Joana. Não podíamos deixar aquela gata assim, morrendo na rua, sem um prato de leite, sem uma gota d'água que lhe matasse a sede. De vez em quando, precisamos exercitar a piedade. Não estávamos de todo perdidos. Ainda havia salvação para nós.

À noite pegamos o carro e fomos buscar a gata. Não foi difícil pegá-la. Estava mancando de uma perna, como se tivesse sido atropelada. Veríamos o que era possível fazer. Tinha os olhos quase fechados de tanta sujeira. O pêlo, que era preto-e-branco, parecia de uma cor só. Quando chegamos em casa, demos um banho com água morna, e a água saía escura, escuríssima. Lavamos seus olhos com soro e a colocamos num canto forrado com um pano macio que no outro dia amanheceu grudado de cascas de ferida. Joana falou que devia haver pena de morte para quem faz isso com os bichinhos. Chorou. Devia ser coisa da idade. De repente nós dois tão piedosos, talvez falta do que fazer na vida. Ou por pensar na nossa própria condição, um fatalmente terminando os dias como gato abandonado. Achávamos agora que felicidade era morrer assistido. Talvez o papel exato do outro seja esse: o de segurar a nossa mão na hora da morte. Joana odiava ouvir isso.

No outro dia compramos sabonete contra sarna, pomada, pó secativo e rifamicina para os ferimentos abertos. Era preciso ver o desvelo de Joana. Talvez cuidasse tardiamente do filho que nunca tivemos. Os tubos de pomada se sucederam e Tristana (foi esse o nome que lhe demos) apresentava pouca melhora. Às vezes comia, mas logo se cansava e dormia do jeito como gostam de dormir os gatos. O couro ressecado parecia que ia rachar se o esticássemos com os dedos. Quem teria tido a coragem de fazer aquilo com animal tão inocente? Joana não se conformava.

E Tristana enfim abriu os olhos, as orelhas se recuperaram, só estava difícil recuperar a elasticidade do couro. Ela nos olhava com o olhar ao mesmo tempo agradecido e desamparado dos gatos. Algumas feridas fecharam, mas outras se abriam quando ela se coçava. Envolvemos suas patas com esparadrapo para que, ao se coçar, não se machucasse. Nas raras vezes em que abandonava a letargia, encostava a cabeça no peito de Joana, o rabo balançando em agradecimento. Eu engolia em seco. Estava ficando velho e bobo.

Enfim tínhamos agora com que nos preocupar. Eu já não olhava Joana para contar uma ruga a mais, uma mecha de cabelo mais prateada, nem ela me olhava para ver as entradas se ampliando em minha testa. Ela estava até mais remoçada. À mesa já não ficávamos mais em silêncio. Pensávamos estratégias de cura. Levantávamos em plena noite para ver Tristana abrir os olhos e nos olhar docemente. Fazíamos uma carícia em sua cabeça e ela nos agradecia.

Mas, apesar de alguma melhora, Tristana parecia irrecuperável. O jeito foi levá-la a um veterinário. Ele nos deu poucas esperanças. A gata estava profundamente desidratada, e seu organismo, carente de ferro. Compramos todos os remédios receitados. Não podíamos perdê-la. A cada dia ela ficava mais fraca e agora já era preciso alimentá-la na boca, Joana dando-lhe leite com um conta-gotas. Eu não gostava de ver o modo como ela nos olhava. Parecia antes um olhar de pena de nós dois. Mais um pouco e eu também choraria. Ia até o banheiro para disfarçar um pouco. Joana estava à beira do insuportável. Queríamos tanto que Tristana ficasse boa, que de repente pulasse em nosso colo, e nem nos importaríamos se ela se enchesse de gatinhos. Mas, pelo visto, chegara a um ponto que não tinha mais volta. E Joana passou a dar-lhe soro do mesmo jeito como dava o leite para ver se a reidratava. Eu descobria nesse seu gesto coisas do passado, que pensava sepultadas para sempre. Vivíamos o dia inteiro para ela. Na rua, no cinema, sempre ela nos vinha à lembrança. Se víamos um gato em algum filme, era nela que pensávamos. Ao chegarmos da rua, íamos logo olhar seu canto, ver se ela saíra da posição em que ficara. Nada. Dormia quieta, nada mudava. Abria os olhos lentamente e aquilo nos deixava mais machucados ainda. Os gatos sabem ser comoventes em seu silêncio. Só quem os teve entenderá isso.

Não há nada pior do que perder as esperanças. Parece que tudo volta à superfície. Eu e Joana, sem precisar de uma palavra, pensamos a mesma coisa: abreviar o sofrimento de Tristana. Restava saber como. Levá-la de volta à esquina, impossível. Esperar sua morte estava sendo dolorido demais para nós. Levá-la ao veterinário para ele lhe dar uma injeção letal? Eu tinha uns caroços de chumbinho para os ratos, mas diziam que não havia morte mais dilacerante. Sufocá-la com um saco de plástico? Quem o colocaria em sua cabeça?

Tristana felizmente morreu sem que precisássemos usar nenhum desses recursos. Ficamos tristes e inquietos porque, depois dela, nunca mais seríamos os mesmos, principalmente porque agora sabíamos que matar às vezes confina com a piedade.

# Doutora Eva

Doutora Eva queria ter três rostos. Três, não, cinco, para poder usar todos os cremes que tinha sobre o travertino do banheiro. Quando acordava, ficava deitada um tempo enorme pensando na seqüência que usaria naquela manhã que indicava mais um dia de brilho em sua vida. Gostava de chegar ao tribunal brilhando. Aliás, brilhar era mesmo com a doutora Eva Collares. Naquela manhã brilharia na TV falando sobre as mudanças que faria para apressar o julgamento dos processos que se acumulavam no Fórum. Mas quem disse que a doutora Eva se esquecia de sua pele mesmo na hora em que estava dando uma entrevista? Antes de se sentar diante das câmeras, passava lentamente a mão pelo rosto para sentir a pele hidratada, e em seu coração espalhava-se a alegria. Já falara com o terapeuta sobre um cacoete que deixava em suspenso toda a platéia na hora em que ia proferir uma sentença. A mão alisava primeiro a face direita, depois ia até o queixo antes de passar para a face esquerda, voltava para a direita e estacionava na testa lisinha, lisinha, apesar de estar beirando, bem, mulher não precisa de idade, brincava a doutora Eva.

Bastava uma asperezazinha na pele, uma mancha súbita, para a doutora Eva cair em desespero. Marcava logo consulta urgente com a dermatologista. Todo mundo dizia que o tempo passava, menos para ela. Por isso mesmo vivia em sobressalto e só pensava no dia em que sua pele se encheria de rugas que só um cirurgião plástico seria capaz de tirar. Mas o medo de uma sala de cirurgia a deixava tonta só de pensar. Por isso aderira sem restrições ao botox. Afinal tinha de continuar brilhando, e o rosto que fora o mais belo da época de sua juventude não podia ter jaças. Doutora Eva se achava uma jóia. Deixara de ir à praia havia séculos e sua pele era cada vez mais branca e radiosa. Nem com protetor 200, se houvesse, ela dizia. O médico já advertira, "doutora Eva, cuidado com a osteoporose, é preciso tomar sol, o primeiro da manhã". Falar em osteoporose era falar da velhice, e ela achava aquela alusão à idade uma falta de ética. Mudava de médico. No seu jeito despachado, ela dizia que era melhor os ossos se derretendo por dentro que ela se acabando por fora.

Rainha de todas as belezas, doutora Eva guardara todas as faixas dos concursos que vencera. Não foi miss porque achava muito vulgar. Era ela quem abria o desfile dos jogos da primavera, vestida de deusa grega, os cordões das sapatilhas subindo pelas pernas grossas, num laço sensual por trás dos belos joelhos. Se naquele tempo houvesse *Playboy*, seria chamada na certa. Claro que não ia! Os colegas babavam por suas pernas e ela ficava toda orgulhosa quando um chegava e dizia "ontem lhe fiz uma homenagem". A futura doutora Eva soltava um riso safadinho que hoje sofreia, afinal é uma juíza.

Mas naquele dia do programa da TV, ao ver o jornal da noite, doutora Eva falou com um risinho de escárnio: "Que mulher mais acabada, olha só que pescoço de galinha!". Um dos filhos: "Está sem as lentes, mamãe?! É você". "Eu?", retrucou a doutora Eva. "Vocês estão loucos. Essa aí podia ser minha avó, nunca eu!"

Mas, quando ouviu a voz, era ela, sim, aquela voz inconfundível, esganiçada além da conta. Ficou rígida, sentiu uma pontada nas tripas, era seu primeiro sinal de nervoso. Um vento gelado percorreu-a por inteiro e ela achou que aquele momento marcava a fronteira para o caminho da morte. Os filhos não podiam perceber o mal-estar que a acometia, e a doutora Eva foi se trancar no banheiro.

A visão de todos os cremes sobre a bancada lhe dera uma desilusão maior do que quando fora abandonada pelo marido. Teve vontade de fazer como Elizabeth Taylor em *Quem tem medo de Virginia Woolf?*, espatifar tudo, não deixar caco sobre caco. Gastara tanto dinheiro, as melhores marcas, nunca fazia uma viagem sem vir com a mala cheia de potes de creme, bisnagas e loções. Tudo caríssimo, das melhores marcas. E agora a maldita TV lhe entregava aquele rosto de avó. Mas uma juíza tem de ter autocontrole, tinha de se recuperar. Vira na internet que estavam fabricando no Canadá um produto ainda melhor que o botox, mais duradouro porque se espalhava docemente sob a pele de forma controlada. Iria lá se preciso fosse.

De novo, a pontada nas tripas e ela sentou-se na banqueta. Devia ser o elástico do *legging* que ainda não tirara depois da academia. Começou a pensar há quantos anos cuidava de sua pele para, de repente, uma luz maldita de televisão destruir tudo em questão de segundos. Tinha de começar a tomar certas providências. Razão tinha aquela atriz que recusava fotos com flash. Só podia ter sido a iluminação precária daquele canal pobre que jogava a luz em cima do entrevistado sem nenhum cuidado. Uns analfabetos em comunicação. A pobreza de sua terra dava naquilo. Nem maquiador tinham. Foram pegar logo seu ângulo mais desfavorável, o lado esquerdo. Tudo sem a mínima preocupação estética. O que a deixou mesmo chocada foi se ver de perfil, um grosso vinco a lhe descer pelos cantos da boca para terminar sob o queixo, o tal bigode de chinês. E pior que tudo: uma papada de que nunca se apercebera. De que adiantaram os cremes firmadores? Podia processar os fabricantes por propaganda enganosa. Firmaram o quê? Nada. Agora só mesmo um bisturi a salvaria. A luz traiçoeira da TV mostrara seu rosto de anciã para todo mundo ver e zombar. "Vocês viram a doutora Eva?" Seus colegas de juventude jamais diriam agora o que diziam naquele tempo. Nem mesmo o pior dos prisioneiros iria lhe prestar nenhuma homenagem.

Foi duro para a doutora Eva olhar seus potes de creme e sentir que não os amava mais. Como passar sem aqueles gestos matutinos dos movimentos circulares, outros de baixo para cima para firmar a pele, cremes que se derretiam no ar de tão finos? Bem que o ex-marido dizia que creme era o mesmo que merda (sempre odiou o vocabulário dele), não servia para nada, só para melar a cara e secar o bolso. Ia jogar tudo no lixo. Nunca mais enfrentaria os holofotes da TV, ela que ganhava alma sob os refletores. Soltava o verbo, demonstrando conhecimentos jurídicos de deixar os colegas embasbacados. Mas nada disso a consolava. Também, por que aceitara aquele convite para dar entrevista de manhã cedo, quando a pele ainda não recobrou a elasticidade? Bem que sua esteticista falara: "Doutora Eva, refletor antes das dez é suicídio". Que raiva da apresentadora que a fizera levantar cedo e ainda elogiara a sua beleza antes de se sentarem diante das câmeras. Dentro da doutora Eva, foi crescendo um ódio pela apresentadora, e sobretudo pelo iluminador que jogara a luz em cima dela sem nenhum controle. Podia processá-los por danos morais.

De repente, a doutora Eva sentiu que a pontada das tripas não era coisa do *legging* nem cólica nervosa, como pensara de forma bem asséptica. Baixou rapidamente a calça, sentou-se no vaso e deixou-se escorrer, como se ela, com toda a sua beleza, estivesse se esvaindo para o nada. O fedor tomou conta do banheiro e ela nem teve ânimo de tapar o nariz. Odiava essas necessidades que lhe lembravam ser dona de um corpo que se sujava, que a nivelava aos outros mortais. Sempre achou que deveria haver uma casta que não tivesse tripas a processar sem trégua tanta matéria excrementícia. Pessoas como ela não deviam padecer das vilanias do corpo. Mas que jeito! Por isso tinha intestino preso, coisa da mente, dizia-lhe o médico. Parecia que estava se derretendo toda, mas até que era boa aquela sensação de leveza. Ao levantar-se, puxou o papel e se limpou com toda a proficiência de que é capaz uma juíza. Nem se lembrou de que só usava o chuveirinho. Em vez de bater a tampa do vaso como sempre fazia, olhou para dentro e, pela primeira vez, contemplou a própria merda. Não sentiu nojo, apenas paz. Lembrou-se do Pequeno Príncipe, que via beleza em tudo. Lavou bem as mãos e voltou aliviada para o seio da família.

# As namoradas têm fome

Não importava a hora, eu podia estar no maior sono que Cida me acordava: "Carlos, vamos comer?". Eu todo sonolento, depois de um dia entre projetos pra fazer e consertar, dizia: "Pô, Cida, mais de meia-noite, não tem mais nenhum restaurante aberto...". Mas Cida não se conformava: "Tem, sim, tem sempre um restaurante aberto pra quem tem fome". O problema era que eu não tinha fome. Tinha era muito sono atrasado. Ela precisava me irritar. Pra me comprar, quando me chamava já estava arrumada, a saia jeans mostrando um belo par de coxas bronzeadas. Eu punha a calça, uma camisa de manga comprida, lavava o rosto, bochechava um pouco de Listerine e saíamos. Ela sabia o que estava fazendo.

Rodávamos sem parar, tudo fechado, a cidade cada vez mais deserta, e Cida, "acho que Le Lapin Agile está aberto, lembra que a gente já chegou às duas e tava aberto? Você também gosta de comida francesa!". Eu ficava com ódio da voz adocicada de Cida quando queria as coisas e de sua pronúncia forçada àquela hora da manhã. Quem sabe um pouquinho de francês se vê na obrigação de ficar esnobe. No meu relógio, meia-noite e quarenta. Mas quem disse que adiantava falar da hora e que a digestão de madrugada é mais lenta? "Comer a essa hora dá pesadelo", eu dizia. Pois sim.

Lá ia eu rolando pro Lapin Agile, no outro canto da cidade, e, quando chegava, o restaurante estava um escuro só. Eu perdia fácil a paciência, mas nem pensava em controlar, afinal Cida era uma boa foda, e se o homem tem uma boa foda, deve satisfazer todas as vontades da dona. Lição de meu pai.

— Está vendo, Cida? Tudo fechado.

Mas ela não se dava por vencida:

— Tem o chinês do centro.

— Desde quando você gosta de chinês, Cida? — eu retrucava.

Ela odiava restaurantes populares. Italianos, fora de cogitação. Parece até que mulher tem orgasmos melhores se antes sentar em restaurantes chiques. Eu via a cara de prazer de Cida quando puxava as cadeiras forradas de gobelim e lia os pesados cardápios de letras trabalhadas.

— Rolinho primavera eu adoro — ela dizia.

Se pelo menos calasse a boca... Íamos ao chinês. Mais uma vez, tudo no escuro. O centro parecia um cemitério. Sobravam, como sempre, as lojas de conveniência.

— Estão cada dia melhores — ela dizia. — Têm até comida congelada assinada pelos melhores chefs.

Nas lojinhas de conveniência, o nosso destino à uma e meia da manhã, Cida pegava um estrogonofe com assinatura do chef, punha no micro e ia pegar um suco de laranja. Enchia o copo até a borda, derramando um pouco. Eu pegava uma cerveja. Cida não tomava álcool. Prato aquecido, ela colocava na bandeja, se acercava da mesinha e se punha a comer com garfadas leves, toda cheia de finesse, não sei para quem àquela hora. Uma e quarenta da manhã e eu com um sono do cacete! Vontade de gritar os piores palavrões do mundo. Ela sabia o que estava fazendo. Ela sabia até onde devia me irritar.

Era sempre depois da terceira garfada. Cida, o garfo no ar, me olhava nos olhos, passava a mão em meus cabelos despenteando-os amistosamente.

— Você está com uma cara...

Ai, caralho! Lá vinha tudo de novo. A mulher me acordava depois da meia-noite, eu rodava, rodava, ela punha as primeiras garfadas de estrogonofe do chef na boca quase às duas, e ainda dizia que eu estava com uma cara... Eu podia manter a calma respirando com o diafragma como o professor de ioga me ensinara, mas naquela hora não me interessava ficar calmo.

— Quase duas da manhã e você queria que eu estivesse com que cara?

Era o bastante para Cida empurrar a bandeja e querer discutir a relação ali em pé, a coisa que eu mais odiava.

— Parece até que você não tem sentimentos!

Eu, àquela altura, já estava mais do que puto da vida. Não respondia uma palavra. Ela voltava a comer lentamente. Eu me trancava, fazia as contas, ainda tinha uns doze bocados para ela levar lentamente à boca. Entre um bocado e outro não gastava menos de quatro minutos. Eu multiplicava: quatro vezes doze, quarenta e oito, quase uma hora. Puta que pariu! Se cada garfada fosse seguida de uma observação, bote mais meia hora nisso. Ainda faltava muito, eu já não me agüentava. Ela não perdia por esperar.

— Você só diz que me ama na hora que está gozando.

— Cidinha, por favor, estamos numa loja de conveniência. Não seja inconveniente.

Ela nem dava bola pro meu restinho de humor.

— Foda-se a loja de conveniência, foda-se tudo, foda-se

você com sua falta de sentimentos, nunca vai conseguir amar ninguém...

— Cida, por favor, termine isso logo.

Deixava-a lá com aquela mastigação enervante e me dirigia para o carro. Cida também inchava de raiva sem no entanto deixar de ir até o fim do estrogonofe.

— Tô te esperando. O.k.?

O funcionário da loja, discretamente, fingia escrever alguma coisa. O outro arrumava as prateleiras.

Dali a pouco Cida chegava, entrava no carro, a cara fechada.

— Tome, limpe a boca.

Ela pegava o lenço de papel (eu nunca deixava de ter um pacote no porta-luvas), era sempre o mesmo canto esquerdo respingado de molho.

— Pronta? — eu perguntava.

Não respondia. E nem precisava.

Àquela altura, felizmente, eu já havia perdido todo o sono. Cida derreava a cabeça no encosto do banco, fechava os olhos. Era bom estar com muita raiva. Empurrava Wagner no CD *player* pra não esmorecer. Li não sei onde que os carrascos alemães faziam das suas e depois se deliciavam com música clássica. Mais adiante procurava um local seguro e fodia Cida, bêbada de sono. Era tudo muito doido, tudo muito rápido. Toda inerte, me entregava o corpo gelado. Eu socava com tanta força que não sei como ela agüentava. Não podia reagir, era como se estivesse morta... "Não é isso que você quer, sua puta?!" Despejava sobre ela os piores palavrões, que me deixavam ainda mais excitado. Eu só conseguia assim, a raiva me dava gana pra foder forte. Dizia até que a amava. Parecia que o gozo vinha em dobro. Cada qual com sua fome. Depois me limpava com um lenço, as valquírias ainda cavalgando, deixava Cida na porta de sua casa — parecia feliz — e tomava a direção da minha, para o sono reparador.

# Reverendíssimo Padre Diretor

Não é todos os dias que a gente acorda disposto a escrever uma cartinha a pessoas que só pensaram em nos fazer o bem. Nem sei se ainda é o diretor (os diretores são imortais) dessa consagrada instituição de ensino. Para sua frustração não virei um daqueles homens ilustres que o senhor via diante de seus olhos em suas pregações. Tampouco virei escritor. Fique tranqüilo. Vossa Reverendíssima cortou tanto minhas redações que nem sei onde fui buscar coragem para lhe escrever esta carta. Pelo menos Vossa Reverendíssima saberá que suas aulas de português não foram em vão. Antes de tudo, eu só queria lhe dizer que minha vida não deu certo. Igual a um eletrodoméstico que, pifou da primeira vez, continuará sempre pifando. Esses defeitos que vêm de fábrica são os mais difíceis de consertar. Os meus não deviam ser muito visíveis a seus olhos, porque sei que Vossa Reverendíssima teria dado um jeito a tempo. Não quero culpar ninguém pelo erro que é, que foi, a minha vida. Vivo momentos fatais (por favor, não implique com meus adjetivos) e, felizmente, hoje é fácil deixar de existir, já tem (eu sei, padre, não se troca impunemente "ter" por "haver") até um manual que ensina a morrer e que não sai da minha cabeceira. Mas, até agora, todas as soluções me pareceram inviáveis. Tenho andado de metrô para cima e para baixo e nada de nenhuma bomba explodir. Quando vejo pacotes abandonados, meu coração se regozija. Mas que nada! Nada explode em minha vida. Sabe do que tenho medo? De viver até o cu fazer bico, como dizem lá na minha terra. Desculpe, padre diretor, sinto que ultimamente as palavras me escapam e depois fico tão desamparado quanto após um grave pecado, só que agora sem ter a quem pedir perdão. Bons tempos aqueles quando sabia que seus ouvidos nos aguardavam. Escrevo-lhe de Paris, e essa vontade repentina de lhe escrever talvez seja fruto de mais uma manhã chuvosa. Impossível escrever de Paris sem falar em chuva. Cioran ao meu lado: "Paris, o ponto mais afastado do Paraíso, e entretanto o único lugar onde desesperar-se ainda se torna agradável". Lembro-me dos dias nublados em que sua voz era o único som a quebrar a monotonia das horas, ensinando um latim que jamais me salvou de nada. A chuva sempre acompanha meus dias mais tristes desde que me alcanço. Continuo com a cabeça de sempre e mais pessimista que as previsões para o Afeganistão. De uma coisa fique certo, padre: não virei comunista. E nem mesmo isso tem mais sentido hoje em dia. Se falo tantas coisas de uma só vez é para ganhar tempo, alongar o caminho. Agora, perto dos cinqüenta, começo a me inquietar, querido confessor, sobretudo com a falta de parágrafos que nunca aprendi a fazer. Quantas horas perdi por causa deles! Afastei-me de todos os conhecidos e vim me aventurar nesta terra de bons e maus odores, quando não havia ainda tanto *chômeur* pelas ruas. Fiz de tudo. Distribuí panfleto em porta de metrô, e até lavar bunda de velho inválido já lavei. Hoje vivo de dar aulas de *brésilien* a turistas apressados em conhecer o meu país. E nada de encontrar o amor. O tal *coup de foudre* nunca me aconteceu. "Sexo é sagrado", dizia Vossa Reverendíssima, "só dentro do casamento e para fins de procriação." Pensei até em seguir a carreira religiosa, mas desisti por causa do cheiro. Mofo e amendoim torrado, aquele que emanava de sua batina quando corria apitando o jogo. Então fui me bandeando para o lado profano, acompanhando os colegas nas noites de serenata. Minha voz já era pouca então. Hoje quase sumiu. Tenho dificuldade de falar francês, sobretudo palavras que têm i, pois a gente tem de pronunciar como se estivesse rindo. E o senhor roubou meu riso, padre. Suas penitências eram muito dolorosas, e acho que engoli essa dor para sempre. Privei-me desde cedo das coisas boas, como deixar de comer cocada-puxa na Semana Santa só para um dia ascender aos céus. Até hoje trago essa cocada entalada na garganta. Como fui acreditar que uma simples cocada impedisse minha salvação? A gente tinha de abandonar por um tempo as coisas de que mais gostava só para alcançar a glória eterna. Até com pedras forrei meu leito para imitar são Domingos Sávio. Hoje como muito pouco, e os belos doces das *pâtisseries* não me falam ao pau. Desculpe, padre. Virei vegetariano, tudo cozido em água e sal, um pouco de azeite grego, que é o mais barato, um gole de vinho tinto e só. Se ainda me alimento é porque o senhor condenava os suicidas, que nem missa de sétimo (ou no sétimo?) mereciam. Nos meus olhos sempre tive os olhos de Maria, e nunca consegui encontrar uma jovem com a pureza dos olhos dela. Mesmo aqui onde profusam (perdoe o neologismo) os olhos azuis. Em minha cabeça, a sua voz e a vontade de nunca trair seus anseios. Eu sabia que, por onde fosse, seus olhos estariam me acompanhando. E quando me dei conta, vi que a vida tinha virado cachorra, dessas bem fodidas, perdoe, padre, fedidas, que lambem nossa mão na hora da morte. Estou triste, Padre Diretor, sobretudo porque não consigo mesmo abrir um parágrafo. Procurei me adaptar ao mundo, mas não deu. Sabe que nunca consegui trepar numa mulher? O senhor, que sabia de tudo, nunca nos disse que foder era a coisa mais importante da vida. Desculpe, sinto que começo, pouco a pouco, a naufragar entre as palavras. Elas me assomam (existe?) e quando vejo já perdi o controle. Até disso o senhor me botou medo, de me perder entre as palavras, por isso nunca pensei em ser escritor. Não quero magoá-lo, só quero dizer que minha vida não deu mesmo certo. Hoje vejo brotinhos flertando e já no primeiro encontro falam de *la capote* na maior tranqüilidade e eu sem entender nada desses tempos tão modernos. Sua voz: "a promiscuidade...", como se sabiamente antevisse estes tempos de doenças mortais, e eu achei a palavra tão bonita que empreguei na primeira redação e Vossa Reverendíssima cortou impiedosamente. Fiquei desde então com medo das palavras. Aos poucos, estou conseguindo vencer meu medo e fazer minha derradeira confissão. Vossa Reverendíssima disse que estávamos fadados à felicidade porque amávamos a Maria e a seu filho santo. O senhor mentiu, padre, e eu fico puto com quem mente. Se Vossa Reverendíssima morasse aqui ia ver só o que fariam com o senhor, tanta mentira ia trazer de volta a guilhotina, e sua cabeça ia rolar na praça de La Concorde. A Virgem sempre me acompanhou os passos, por isso trago até hoje a medalhinha no pescoço. Sempre procurei uma moça com os olhos dela. Encontrar até que encontrei, mas nenhuma tinha a pureza de que o senhor tanto nos falava. Hoje já nenhuma me olha, sobretudo por causa do meu nariz, que ficou ainda maior com a idade. Tamanduá, lembra? Aquele rapaz que vivia com a mão no nariz para esconder tamanho descalabro da natureza? Pergunto: podia ser feliz aquele rapaz triste, mesmo seguindo os seus conselhos? Mesmo me colocando sob o manto de dom Bosco? Agora acho tudo tão tarde, nem sei mesmo como se abraça uma dona. Perdi o jeito, e as narigudas já não são muitas neste mundo perfeito depois da cirurgia plástica. Vim para Paris para ganhar dinheiro e dar um trato no meu nariz, talvez assim abreviasse meu sofrimento. Jamais consegui juntar o necessário, e convencer a *sécurité* é duro para esse tipo de cirurgia. E aqui ele até passa despercebido, tantos são os nariguidos nesta terra. Comigo tudo sempre funcionou de forma errada: ejaculações precoces, médicos, medicamentos, pomadas anestésicas. É como se toda a minha sensibilidade tivesse se encaminhado para essa extremidade de mim, sob essa pele luzidia igual ao brilho dos mantos dos altares na Semana Santa. Resguardo-a talvez para sentir que em mim ficou alguma parte intocada de seu furor, porque meu coração é essa coisa gelada que nem pedra de sacristia. Mas o pior é esse medo de falhar sempre e ver as poucas donas, mesmo eu pagando, juntar as roupas e sumir para nunca mais. E depois passei a sofrer de dores lombares. Dores que me acompanham há tantos anos, e acho que são provenientes dessa minha continência, à espera da Virgem que nunca virá. Meu único alívio vem nos sonhos, cada vez mais intensos. Aí fico olhando o teto, inerte, lembrando suas palavras admoestadoras para evitar qualquer mácula, sem nenhuma coragem de ir me lavar no banheirinho do corredor do prédio fodido onde moro. Cada emissão, lembro suas palavras, são dois litros de sangue que se perdem. E por mais que vigie os meus sonhos, quando vejo já é tarde. Acordo cansado, com as palavras de seu mais célebre sermão ressoando em mim: "Aberto está o inferno e não há véu algum que cubra a perdição". Nunca esqueci. E aqui estou. Sempre acordo com sensação de causa perdida. Pergunto-me: homens eminentes iguais a Vossa Reverendíssima como resolvem esse problema? O que fazem quando acordam latejantes em plena madrugada?

Padre Diretor, até que enfim abri um novo parágrafo. Estou tão feliz! Ainda bem que Vossa Reverendíssima foi feito (ou feita?) para o perdão. É que desde que comecei esta carta estou sem saber como chegar lá, mas terminarei chegando. É que a BB já não me tenta mais. Aproveito para lhe confessar meu pecado maior da adolescência: naquela tarde em que lhe disse que estava doente, na verdade tinha ido ver *E Deus... criou a mulher*, ainda mais com carteirinha adulterada. Quase não dormi por causa do duplo pecado. Nunca esquecerei: Vossa Reverendíssima colocou toda a turma em círculo para saber quem tinha ido pecar no cinema vendo as formas de Brigitte Bardot, que achei tão belas. Foi um deslumbramento só e, se Vossa Reverendíssima tivesse visto, tenho certeza de que teria também se deslumbrado igual. As conversas corriam baixinho por todo o colégio até que chegou aos seus santos ouvidos. O senhor disse que ia olhar nos olhos de cada um e descobrir os pecadores. Quando chegou a minha vez, parou, vi a dúvida em seu rosto, o senhor que me cultivava para ser o próximo santo, meu sangue congelou e minha alma minguou para sempre. Senti que dali em diante minha vida nunca mais seria a mesma. Bardot foi a grande culpada, padre. Em meus sonhos ela vinha misturada a são Domingos Sávio, a cruz erguida diante de dois seios lindos, como jamais verei em toda a minha vida. Tudo isso iluminado pelo *soleil* da Côte. Ontem passou um especial na TV sobre ela e a vi de cabelos espatifados, velha e feia e aí eu disse bem feito, bem que meu confessor falou que a carne passa. O que dourou meus dias perdeu o brilho. Hoje vive cercada de um monte de bicho, sozinha, defendendo até lacraia, se deixarem. Senti naquela manhã do círculo que Vossa Reverendíssima ia calar como calou e os meus colegas esperando minha condenação. Vossa Reverendíssima pôs os pecadores de lado e só eu fiquei do lado santo, achando que ia vomitar. Abri a boca e pus para fora o cuscuz que tinha comido naquela manhã com ovo frito. Foi o que me salvou, o que nos salvou. Os meninos se dispersaram e a faxineira por quem todo o colégio tinha tesão veio limpar minha nojeira, mas a alma continuou suja até hoje. Por isso ardo aqui num *studio* de merda, num sexto andar sem elevador da rua Henri Pape, vendo ao longe a pontinha da Torre Eiffel tal qual um pau erguido, como se fosse foder esta bela cidade. Padre, estou cada vez mais confuso, as palavras se atropelam em mim com uma fúria de puta ensandecida. Vou até a janela e só hoje entendo o que não entendia em minhas leituras de então. Sei agora o que significa vomitar coelhinhos e com eles cair lá na calçada, sem nenhum medo de esmagar os primeiros colegiais.

# O dia de Cícero

Ao acordar naquela madrugada de dezembro, Cícero jamais pensaria que no fim daquele dia sua vida estaria completamente mudada. Fora acordado pela dor de dente que parecia querer arrancar a banda esquerda do rosto. Não tinha dinheiro para ir ao dentista, aliás, não tinha dinheiro para nada. Acordava sempre às quatro da madrugada, pegava a marmita preparada na véspera e saía. A mulher resmungava alguma coisa que ele nunca ouvia direito. Um trecho do caminho até a empresa ele fazia a pé para economizar condução. Tinha de estar lá às sete em ponto. Se não estivesse, o caminhão partia sem ele e no final do mês vinha o desconto. "Lixeiro é que nem lixo", era o seu refrão.

Sempre que chegava à sede da empresa, Cícero já estava morrendo de fome. Em casa só tomava um café ralo com uns pedaços de pão seco. Nem margarina tinha. A sorte era que sempre havia um cafezinho quando ele chegava ali na central. Naquele dia não havia. Mais contenção de despesas e sempre nas costas dos mais fodidos. Recriminou-se. Não devia pensar assim. Quem está com Deus nunca está fodido. O dente parecia que ia dar cabo de sua vida. Antes desse. Enquanto punha o macacão laranja, os meiões verdes até o joelho e o boné, Cícero pensava no que ia ser o seu dia com aquela dor dos infernos. O caminhão deixaria a tropa na praia e tome lixo até o fim do dia. Sua tarefa era sempre a mesma: pegar as cascas de coco e os bagaços de cana. Parecia até que tinha um engenho por perto. E o sol torrando os miolos. Os colegas tinham orgulho da profissão. Diziam que sem eles a cidade virava um lixo, o que era motivo de gargalhadas, menos para Cícero. Além de se achar um fedorento, ganhava mal, não podia comprar nem uma bola de plástico pros filhos no Natal. Enquanto isso, os chefes sempre numa boa, cafezinho e suco a toda hora, as serventes entrando e saindo da sala com bandejas atopetadas de tudo que era bom. Quando recebiam gente fina, tinha até biscoito em lata, um dos sonhos de Cícero. No dia em que chegasse em casa com uma lata de biscoito reluzente era porque sua vida mudara. Aquilo dava nele um ódio sem mais tamanho. Ninguém viesse com lorota naquele dia porque o capeta parecia estar arrebentando sua boca e a dor já descia pelo pescoço. Tanto que orava, tanto que erguia as mãos para o céu, e só lhe acontecia desgraça. Amanhã ia pedir licença para arrancar o dianho, mas era véspera de Natal e não ia ter nenhum dentista no posto. Com a dor que estava era capaz de quebrar o posto inteiro.

Às nove horas Cícero já não se agüentava mais de dor e fome. Estava com uma fome dos diabos. Não parava de pensar no diabo. O pastor sempre dizia que não se deve dar voz ao capeta, muito menos antes do meio-dia. Nessas horas, recitem o salmo 23. Cícero recitava: "O senhor é meu pastor, nada me faltará. Refrigera a minha alma; guia-me pelas veredas da justiça, por amor do seu nome". Mas a fome era tanta que, num descontrole que ele jamais saberia explicar, foi até o caminhão e pegou a bolsa onde estava a marmita. Feijão, arroz, farinha e um pouco de molho de tomate por cima. Em casa, ficara a mesma coisa.

Carne só uma vez por mês, quando recebia o salário. O resto dos dias era dureza, fazendo tripa de porco virar filé-mignon. Tinha pena dos filhos, tudo crescendo desnutrido, mas fazer o quê? Roubar não ia.

O apontador não gostava que eles largassem o serviço de repente. Pausa só para água e meio-dia, para o almoço. Cícero arriou discretamente o gadanho e se dirigiu até a linha do mar. Fez que ia mijar, só assim não levava reprimenda. Sua ficha funcional já estava cheia de anotações. Encheu a boca de água salgada para ver se amortecia a dor, mas só fez piorar. O apontador estava longe, dando ordens, como gostava, sempre anotando tudo numa planilha, o desgraçado. Cícero escondeu-se atrás do pneu da caçamba, pegou a marmita e devorou tudo, mastigando só do lado direito. Um caroço teimoso de arroz caiu bem no buraco do dente e o fez ir aos infernos e voltar. Passou os dedos no molho que sua mulher fazia com tanto apuro. E o dente não parava de latejar.

Quando acabou de comer, Cícero se sentiu mais desamparado do que no dia em que perdeu a mãe. Quando chegasse meio-dia ia comer o quê? Ia ser um dia de fome, e ele odiava fome. A primeira mulher o deixou porque não agüentou sua fúria num dia em que não havia nada para comer. Ele perdia o juízo. Os colegas dificilmente lhe dariam um pouco de suas marmitas, todos sempre com o bocado contado.

Fazia tempo que Cícero não sentia coisa tão ruim no coração. Uma raiva enorme da vida, do lixo, dos dentes. Pobre devia nascer banguela e banguela ficar o resto da vida. Seria um sofrimento a menos. Para que dente se iam perder tudo mesmo? Não havia um só colega que tivesse todos perfeitos, enquanto os patrões riam com todos tão branquinhos que chegava a ser um desaforo. E Cícero começou a chorar. Não sabia mais se era da dor ou se antevendo a fome que ia passar o resto do dia. Um choro descontrolado como jamais lhe ocorrera. Ainda bem que os colegas estavam longe. O apontador já devia estar sentindo sua falta. Cícero, que nunca se emocionava com nada, nem com a bala perdida que matou a moça na novela, chorando daquele jeito. A dor estava deixando-o sem juízo. Veio uma vontade de se jogar no mar, só tinha pena dos filhos verem chegar como único despojo de sua vida aquela marmita melada de molho de tomate. Mas aí acabava tudo. Acabava a dor, acabava a fome, acabava a falta de carne na mesa. Sem coragem de ir se juntar aos colegas, continuou encostado no pneu traseiro da caçamba e pediu a Deus ou ao satanás para o motorista dar uma ré e esmagá-lo, transformá-lo numa pasta. Mas o caminhão nem se moveu.

Cícero sabia que uma coisa ruim estava em seu corpo. Recitou mais uma vez o salmo 23. Não melhorou. Detestou mais ainda aquele uniforme de palhaço. Os meiões até o joelho lhe davam a sensação de que, ao retirá-los, todos os pêlos das pernas estariam chamuscados, tal o calor que sentia. Agora também era obrigado a usar luvas de lã. A vida era só castigo. Podia estar ficando louco. A vontade que teve foi arrancar tudo, ficar nu, se jogar no mar e sumir nas profundezas.

Cícero estava com medo de, ao voltar à sede da empresa, invadir a sala do chefe, quebrar tudo, derrubar as bandejas de suco e biscoito. Daria uma de doido, pelo menos o internavam e tiravam aquele dente. Quem mais iria padecer seriam as serventes de avental e chapeuzinho, que nunca o deixavam experimentar um biscoito daqueles de lata. Pobres que nem ele, mas só davam bola pros do escritório. Via bem que, quando passava, elas tapavam o nariz, cochichavam e sorriam.

Recostado no pneu da caçamba, enlouquecido de dor, Cícero viu o apontador caminhando em sua direção. Como sempre, ia chamá-lo de preguiçoso. Dito e feito. Cícero ergueu-se apertando a bochecha, o calor comendo as pernas e o juízo. Falou que estava com um dente pinicando, o que não arrefeceu o ânimo do homem. "Arranque tudo de uma vez!" Cícero não respondeu nada. Se respondesse era pior. Pegou a marmita e foi lavar no mar. O apontador esperava. Fazia anotações num bloquinho. Seria chamado em breve à sala da psicóloga. Tinha certeza.

Os colegas ao longe só viram o gadanho no ar e o apontador caído no chão. Cícero lascou-lhe a cabeça. Foi o dente, era só o que ele repetia, foi o dente. Não ofereceu nenhuma resistência ao ser preso. Seu defensor conseguiu mudar o julgamento de homicídio doloso para culposo. Cícero nem quis saber o que era isso. Só sabia que nunca mais iria cometer crime algum, sobretudo agora, depois de ter arrancado todos os dentes.

# Porque em Marrakech

Porque em Marrakech, pensava o homem sonolento, enquanto olhava a paisagem pela janela do ônibus, já adivinhando como a mulher falaria meses depois, o copo de uísque na mão, bebericando socialmente, porque nem beber ela bebia. "Porque em Marrakech", ela diria, entusiasmada com aquela viagem dos mil demônios, que só loucos iguais a ela inventavam fazer. "Sempre fui muito louca", era o que ela costumava dizer nos seus camisolões anos 70, como se a "hippaiada" ainda tivesse validade. Ela amava os lugares pela sonoridade dos nomes, enchia a boca com eles, assim era Marrakech, como fora antes Bombaim, porque em Bombaim, ah que raiva que ele tinha e por isso estavam indo finalmente em direção a Marrakech, um calor dos mil infernos, para ver pobreza, algumas mesquitas e muito lixo.

"Os meus dólares", gemia o homem para si mesmo, lembrando-se da pequena aliviada que lhe deram no hotel de Meknès ao deixar por minutos a bolsa no quarto. Ainda bem que o grosso ele sempre carregava na cintura. Ao longe, via tendas negras armadas no deserto, o simum podia surgir a qualquer momento e varrer tudo para os céus. Bom que varresse também aquele ônibus com os turistas mais idiotas que ele já encontrara na vida. Os companheiros de viagem não paravam de bater fotos, fotos de nada, do deserto, da poeira, de uma fontezinha de merda perdida no meio da estrada.

"Porque em Marrakech", ele já anteouvia as inflexões que a mulher daria à voz, a boca entupida de salgadinho, contando aos amigos a história manjada do beduíno que trocara quatro camelos por uma donzela. Claro que fora apenas mais uma história do guia espanhol para distrair turistas descontentes de tanto desconforto. Mas a mulher não sabia distinguir lorota de coisa séria e, quando contasse aquela história, ia dizer que era verdade, que tinha visto mesmo um árabe oferecer quatro camelos por uma donzela. Ele tinha medo de chegar ao fim da corda quando a via comprando bugigangas nos quiosques, coisas inúteis que só iam dar prejuízo na hora de despachar a bagagem. Depois ela iria expor aquele monte de porcaria no aparador do apartamentozinho de merda daquele bairro chinfrim. Certamente contaria a aventura vestida na túnica de fios dourados comprada na butique do hotel por uma fortuna, só para vestir na noite do jantar árabe, calçada nas babuchas cor de Marrakech e fedendo a Opium de Yves Saint-Laurent.

"Adorei a cor de Marrakech", ele a ouviu dizer a um casal português sentado ao lado, o ônibus fazendo a curva em direção ao hotel. "Finalmente em Marrakech", ela falou para ele, como se estivesse falando para um cego. "Estou vendo", ele disse, refreando a voz, tentando pôr a culpa no cansaço e na poeira. Estava mesmo podre de cansaço e de poeira. Nos olhos dela, o olhar estrábico sob as lentes fotocromáticas que não disfarçavam nada. O corpo redondinho nas bermudas compradas em Torremolinos a um preço absurdo. Marrakech tinha mesmo uma cor bonita. O deserto não era ali, mas para ele tinha começado fazia tempo.

Diante das malas na frente do hotel, o homem parecia para sempre desamparado. Até que vieram os empregados e levaram tudo para dentro. Ainda bem que as gorjetas já estavam incluídas no pacote, porque ele não saberia quanto dar naquela moeda estranha. Dentro do quarto, que ele não achara lá essas coisas para um quatro estrelas, ela sugeriu um mergulho na piscina para acabar com o mau humor, um vinho branco bem gelado, naquele riso safadinho que ele fingiu não entender. A tarde ainda estava em seu começo, um calor de quarenta graus. Ela adorava sentar em camas de hotel, experimentar os colchões caindo de costas, os braços em cruz, sugerindo amor, muito amor nas camas de Marrakech. O ar-condicionado estava perfeito, ele "sim, sim, o ar está perfeito, pelo menos isso", sentindo a primeira agulhada nas tripas.

De quatro, nua, de costas para ele, a mulher escavava uma mala em busca do maiô. Podia ser que também tivessem roubado lá no hotel de Meknès. Felizmente não, e ela veio para perto dele pedir que a ajudasse a fechar a presilha das costas. Foi quando ele sentiu uma segunda agulhada nas tripas, alguma coisa enrolando-se e desenrolando-se dentro dele como uma onda irrefreável. Teve medo de vomitar nas costas dela. Era o mal-estar do deserto que tanto acomete os desavisados. E ainda por cima aquele cheiro misturado de todos os perfumes saindo da mala aberta, a comida mal digerida, talvez o consomê de pepinos que tomara em Fès. Parecia ter um monte de rodelas inteiras de pepino na garganta.

Alguma coisa estava correndo perigo, ele sabia. Era tão grande o perigo que ele desviou a vista da mulher, que se curvava para pegar as sandálias e o bronzeador. No chão um monte de souvenirs, coisas inúteis: um ovo de mármore, um camelinho de pêlo horrível, duas bandejas de metal que a maresia de sua terra ia comer em dois tempos.

"Você não vai cair?", ela perguntou, toda gentil. Ele se

ergueu para ajeitar-lhe a alça do maiô que afundara na carne mole do ombro. "Você não vai?", ela repetiu, lançando sobre ele um olhar terno que muitos diriam ser amor. Afinal estavam em Marrakech. Iria depois, ele disse, enquanto ela abria a porta que dava direto na piscina, onde já estavam os outros turistas em algazarra, os brasileiros com sua falta de educação, batucando um sambinha na mesa. Dali a pouco ela estaria dando os seus passos, imitando porta-estandarte, sua especialidade.

Acompanhou pela vidraça o andar ainda sensual da mulher; não sabia por quê, mas teve pena. O bolo aumentou no estômago e aí veio a primeira golfada. Quase vomita tudo no quarto, não fosse o banheiro tão perto da cama. Um pouco aliviado, deitou e adormeceu. As tripas pesadas expeliam gases que tomavam conta do quarto por tanto tempo que ele tinha medo de que alguém entrasse e sentisse aquele fedor de esgoto. Talvez tivesse sido a má digestão do cacto que comera no caminho para aliviar a sede. Ficou no entressono, às vezes sem saber se estava só pensando ou se sonhando.

A voz dela já vinha do banheiro, xingando os sabonetinhos de hotel que não davam nem para lavar uma xota. Ela falou assim embaixo do chuveiro, a voz entrecortada pela água, naquela linguagem ousadinha de quando estava querendo. Não sabia como ia agüentá-la saindo do banho, só a toalha na cabeça, era esse o sinal de que queria uma trepadinha. Pior ainda ela sair fedendo a creme de corpo e cair languidamente a seu lado. O monte de souvenirs o trouxe de vez à realidade, e só agora ele via um sabre afiado que ela comprara escondida dele. Lembrou-se de Meursault e o absolveu. Entendia agora o poder do sol. Ele ia ter de se segurar, porque sentia que dentro dele todos os fios se haviam rompido e começava a temer o calor do deserto.

# Sexta-Feira Santa

Havia as palavras de ordem. Tudo podia ser dito de muitas formas diferentes. Um erguer de sobrancelhas e sem demora o outro já sabia o que devia fazer. Era interessante observar como sabíamos nos locomover dentro daqueles códigos tão perfeitos que deixavam Betina boquiaberta em suas visitas semanais. Um terceiro elemento, mesmo de passagem, desfaz o equilíbrio, e Joana achava que mais cedo ou mais tarde teríamos de tomar uma atitude em relação a ela.

Betina não suspeitava de nada. Surgida assim do acaso, num restaurante de comida natural, gostava de nós dois e dizia que éramos um casal diferente, o único que ela conhecia a demonstrar uma convivência perfeita. E dava-nos conselhos para nunca perdermos aquela paz, tão rara nos dias de hoje. Mas a inquietação sempre teimava em aparecer em rápidos lampejos de fim de tarde. Joana, o braço esquerdo no ar, parecia dizer que assim ela estava indo longe demais.

De nossas falas, de nossos gestos, Betina dizia que era interessante cada casal encontrar uma saída para esquecer o tédio e o desgosto que o mantêm unido. A nostalgia do paraíso antes da serpente. Isso dito pela boca de Betina adquiria um peso próprio, causava um mal-estar que nem eu nem Joana sabíamos o que era. Joana, que detestava parábolas, passou a lhe dedicar um ódio morno nos dedos que passeavam pela gola da blusa enquanto a outra falava. Betina, descasada, dizia que a coisa que mais admirava eram os casamentos sólidos. Joana olhava para mim como a dizer que não acreditava numa só palavra que ela pronunciava. Betina percebia e dava uma risada estalada que repercutia em meu peito. Ao ouvir-nos falar coisas sem sentido, aquela mania de Joana de me chamar por uma infinidade de nomes, e eu atendendo sempre solícito, Betina dizia: "É como se vocês dois vivessem dentro de uma garrafa". Queria então saber como tudo tinha começado, aquele nível de compreensão além dos gestos, além das palavras. Eu falava, Joana ausente, de um momento em que, para burlar o cansaço, resolvemos experimentar as frases mais desencontradas para exprimir o que desejávamos, e o cômico da situação nos levara àquela comunicação perfeita.

    Betina admirava-se de nosso cotidiano, tudo tão simples, tudo tão sem ambições, aquela calma, nenhum ciúme e já se iam quase trinta anos. Eu desconversava um pouco, Joana dava aquele sorriso e, pelo tremular de seu lábio superior, eu via que ali era o limite. Betina, o nosso limite. Como se um pouco mais além fosse o desastre. Apesar de envelhecida, menos do que nós, mantinha nos cabelos encaracolados e pintados de vermelho-cobre um ar de quem jamais seria derrotado. Enquanto eu ou Joana, se fôssemos pintar os nossos, criaríamos uma instabilidade no ambiente e o equilíbrio seria rompido. Por isso eu mantinha meu bigode todo branco e a cabeça quase inteiramente embranquecida. Joana mantinha a trança antiga, que na foto em cima do móvel da sala brilhava negra a nos dizer *nevermore, nevermore*.

    A sós, voltávamos ao assunto, às parábolas de Betina, sua

forma de nos deixar cada vez mais inquietos. Agora, se eu a encontrava na rua, passava o dia cheio de dúvidas. Não tinha mais idade para me apaixonar. Começar tudo de novo com outra, impossível. Sempre voltava para casa achando que havia perdido alguma coisa para sempre, e Joana logo dava por isso e já sabia que eu tinha encontrado Betina. Passamos a aguardar a próxima visita com certo desconforto. Bebíamos mais do que o necessário porque agora já sentíamos falta das palavras exatas. Deixamos de nos compreender. Havia pontos em que Joana odiava tocar: o casamento indissolúvel mesmo na infelicidade era um deles. Betina trouxera isso a nossa casa, no seu gesto de que a vida, como ondas, termina sempre em espuma. Isso ela falava enquanto mexia seu chá verde. Teimava em nos fazer compreender a corrente cósmica de que éramos um elo, onde era preciso que cada um encontrasse sua afinidade eletiva.

Já não dormíamos mais como antigamente, minha perna entre as pernas de Joana, minha mão em seu colo, subindo lenta até abraçar-lhe o pescoço. Depois era o sono. Agora acordávamos como se o dia fosse o anúncio de nossa paz perdida. Digo nossa como se em algum momento Joana houvesse pertencido ao meu mundo.

Betina fora pouco a pouco deixando de nos visitar, preocupada que estava agora com um outro casal em crise. Nascera para fazer o bem. Essa a sua missão. Dizia. Não tínhamos mais amigos, não sabíamos por onde andavam os antigos. Virgílio, decapitado num acidente de automóvel em Nice; Ciro, morto por um assaltante em Porto Alegre; Cecília, louca numa casa de saúde. Joana cada dia mais acabrunhada com a perspectiva de nossa viuvez. Quem iria primeiro? Isso agora nos perturbava muito. Creio que cada um desejou bastante que o outro fosse logo. Curtir em inteira liberdade o pouco de vida que restava. E muitas vezes cheguei a imaginá-la sem mim, caminhando pela casa à minha procura. Eu sorria.

O sexo já não fazia parte de nossa vida havia muito tempo e nossos prazeres se resumiam agora a uma pizza com bastante queijo derretido, um suculento filé ao madeira, coisas assim, cuja lembrança persistia dias afora, preenchendo a solidão. Coisas saboreadas ao acaso nos domingos enfadonhos, o ruído da TV a nos dar nervos, as opiniões trocadas no vazio dos intervalos das novelas, uma pancada de mau jeito, a boca seca, sem sono, o acordar para o mesmo dia.

Joana me cobrava agora minha esterilidade, um filho nos teria salvado. Pensamos em adoção, mas a idéia de um terceiro elemento (Betina vinha-nos logo à mente) era sempre perigosa. Eu lhe respondia que jamais colocara a salvação fora de mim, e começávamos uma discussão sem roteiro, que terminava sempre comigo na varanda olhando para o nada. Não se tratava de discutir isso ou aquilo para no final um sair vitorioso. Ficávamos os dois perdidos a remoer um ódio que nunca sentíramos, os códigos da compreensão perdidos para sempre. Até tentamos cuidar de gatos para ver se nos aproximávamos. Já nos tratávamos como pessoas distantes, doutor Tomás, a comida está na mesa, dona Joana, eu te odeio para o resto dos meus dias, respondia eu dentro de mim. Alguma coisa trabalhava em nós sem que percebêssemos, eu me perguntando se a vida tinha valido a pena, como tudo se desequilibra só porque uma terceira pessoa entra na história. Nos domingos e feriados eu sempre caía em pesado desespero.

Numa sexta-feira, Joana dormia com os calmantes, àquela altura nosso único traço de união. Ela dormia, os olhos mais empapuçados do que nunca. Achei-a tão feia, tão outra, tão distante do retrato da trança negra. Suava muito. Parecia uma esponja molhada. Aquela não era Joana. Mas enfim chega o dia. Àquela altura ela já havia perdido a esperança nos cremes e hidratantes, as mãos marcadas por manchas escuras. Não tínhamos dinheiro para um tratamento que as bania temporariamente. Ainda tomávamos o mesmo comprimido, com o mesmo copo d'água. Não suportávamos saber do outro acordado olhando nossas imperfeições. Era dar uma vitória fácil. Fechávamos os olhos na mesma hora, mas em mim os comprimidos não faziam mais efeito e creio que com ela devia acontecer o mesmo, tal a nossa união. O pescoço de Joana, um amontoado de pregas claras, os lábios finos apertados como num ricto de dor. Eu tive pena, ela que fora tão bela. Acariciei-lhe o pescoço, recuperando um gesto antigo tão nosso já desconhecido e, como se dentro de um sonho, ela foi aproximando o corpo do meu. Os cabelos pareciam algodão sujo caindo sobre a cama. Senti que o caminho estava aberto. Fui acariciando de forma nova aquele pescoço e Joana numa entrega como fazia anos não acontecia. Havia no seu gesto uma forma de dizer alguma coisa que não estava em nenhum de nossos códigos. Fui aumentando a pressão de meus dedos. Ela parecia sorrir. Estremeci um pouco. Não sabia que tinha ainda tanta força em mim. Quando senti sua cabeça pendida, fui até o banheiro lavar as mãos, e ao me olhar no espelho foi que me dei conta de que era Sexta-Feira Santa e que minha cruz eu já havia carregado.

# Senhas

Era sempre na hora da *Voz do Brasil* que os pigarros se acentuavam. Minha mãe fazia que estava ralhando: "Pare de fumar, homem, senão daqui a pouco vai escarrar sangue". Mas era como se ela falasse só pra ele pigarrear mais. Eu ouvia o riso dele, todo voltado para dentro, arrematado por um novo pigarro, mas sem escarrar nada. Aquilo me dava um nojo!

Minha mãe corria toda apressadinha pro banheiro e voltava de banho tomado, os cabelos ainda escorrendo na toalha aberta sobre os ombros, com um perfume forte que me fazia ter engulhos. Era a única ocasião em que eu a via usar perfume.

Só era bom no outro dia. Os dois acordavam alegres, mais dispostos, diferentes do nosso dia-a-dia. Ela passava por meu pai e fazia um carinho no chumaço dos cabelos que ele nunca penteava. Falava umas graças que só ele entendia. Eu ficava boiando. "Pigarreie mais, homem, pigarreie sempre", ela dizia. Meu pai dava seu riso de canto de boca, me olhava de banda, meio desconfiado. Dizia, pra despistar: "Toinho tá é crescendo". Eu achava estranho ele falar isso porque nunca que ele ia ligar pro meu crescimento. Eu passava o dia todo ao lado dele, ajudando nas meias-solas e ele não via?

Sempre depois daquelas noites de pigarro eu sentia vindo dele um resto de cheiro daquele perfume enjoativo que minha mãe usava vez ou outra. Logo ele que não era homem de usar perfume.

Quando meu pai não pigarreava, eu sentia o ar pesado, gatos e cachorros apanhavam por pouco, minha mãe só faltando xingar Deus e todos os santos. De lá do quartinho de trabalho de meu pai, eu ouvia as latas se batendo com as panelas, ela reclamando da merda de vida que levava. "Trabalho de sol a sol e nenhuma recompensa. Só cara feia é o que recebo", dizia. Meu pai, diante de uma pancada mais forte que ela dava num cachorro, erguia a cabeça, me olhava, parecia que ia dizer alguma coisa, mas desistia. Dias assim ele cuspia muito dentro da latinha cheia d'água que ficava ao lado de sua banqueta de trabalho. Batia sola e cuspia, batia sola e cuspia, meu estômago ficava embrulhado. Quando a lata transbordava, me pedia pra ir jogar fora e botar outra limpa. Ele e a casa eram um cheiro só de couro curtido e cola. Quando minha mãe gritava que a comida estava na mesa, a gente ia, eu sem nenhuma vontade de comer.

A gente largava o trabalho e ia almoçar o arroz com sardinha ou macarrão, só na água e sal. Eu não conseguia engolir aquela gororoba. Ele não reclamava, nem podia. O dinheiro que ganhava era quase nada. Minha mãe com uma carranca de assustar. A vida só mudava de tom quando ele pigarreava no começo da noite. Aí ela ficava com outra cara e ia se arrumar como se fosse pra festa. Eu só vendo a animação dela. Até com a vizinha ela tirava graça, dizendo que homem bom é que pigarreia todo dia. As duas caíam na risada e ela ia tomar o banho. Depois dessas noites de pigarro, ela preparava umas surpresas no almoço, guaiamum com pirão, que ela mesma ia pegar no mangue atrás de nossa casa.

Mas, à medida que eu crescia, meu pai escasseava os pigarros e minha mãe ficava cada vez mais violenta. Até jogar o gato contra o tanque ela jogou. O pobrezinho ficou manco de uma perna e ela nem teve pena. Até que o desentendimento pareceu chegar de vez. Nem nas coisas da feira se entendiam mais. Um dia teve um quebra-pau porque a buchada que ele comprou tinha pouco sangue, coisa que ela mais apreciava. Minha mãe era um enfezamento só. Desandava a xingar todo tipo de bicho que lhe atrapalhasse o caminho ou qualquer panela que caísse. "Cai, caralho!", ela dizia. Meu pai só fazia balançar a cabeça como quem não tem jeito a dar em nada.

Agora era eu que ficava torcendo para que ele desse um daqueles pigarros de antigamente e ela fosse tomar um banho bem demorado pra ver se acabava com aquela raiva do mundo. Mas, sempre que ele ia temperar a garganta por causa do cheiro forte de cola, punha a mão na boca pra ela não escutar. Dava a cusparada na lata e voltava a bater sola. Se ela ouvia algum pigarro descuidado, também fazia que não escutava. Agora, na hora da *Voz do Brasil*, ele me chamava para ir dar uma volta perto do rio. Era tudo muito escuro e meu pai se sentava meditativo ao meu lado, enquanto eu deixava a correnteza lavando meu pé naquela água friinha. Uma vez eu vi que ele queria dizer alguma coisa e depois de muito remanchar falou que mulher só gostava de duas coisas: uma era dinheiro e a outra eu ia saber quando crescesse.

Quando a gente voltava daqueles passeios, minha mãe já estava no maior sono e, em vez do perfume forte, eu sentia o cheiro de sola e da comida ruim do meio-dia. Meu pai ainda ia trabalhar um pouco. Em lugar dos pigarros, o que eu ouvia era o teco-teco do martelo que não me deixava dormir.

Um dia, sem mais nem menos, o pigarro voltou. Eu já tinha até esquecido aquele hábito dele. Minha mãe retomou a alegria dos tempos antigos, foi direto pro banheiro, mas não voltou com o velho perfume enjoativo. Também, pelos tempos que ele não pigarreava, o perfume já devia ter escapado todo.

    O sono me pegou de jeito e só fui acordar de madrugada com uns ruídos estranhos vindo do quarto deles. Era como de alguém fazendo muito esforço pra levantar um fardo sem ter forças pra isso. Depois ouvi a voz de minha mãe soltar um ah! de quem largou alguma coisa de mão. Me levantei e fui mijar no quintal. Ao passar pelo quarto deles, me assustei com a nudez de minha mãe. Era a primeira vez que a via assim. A barriga parecia a de um enorme peixe prateado na semi-escuridão. Meu pai, sentado na ponta da cama, a cabeça entre as mãos. Depois foi um nunca acabar de arrumar ferro no quarto de trabalho, eu achando estranho ele começar a trabalhar de madrugada.

    Voltei a dormir e quando me levantei vi que meu pai tinha ido embora com tudo que era dele. Minha mãe já estava na cozinha com a cara de sempre. Sem olhar pra mim, nem tocou no assunto. Só disse que dali em diante eu tratasse de arrumar as ratoeiras e aprendesse logo como se pegava guaiamum.

# Batalha

Homem é tudo igual. Quando quer comer a gente, são uns santos. Prometem Deus e o mundo, e pior que a gente cai. Caí nas garras de Batalha mas nunca tive ilusão que ele ia casar comigo não, essas coisas que toda moça pensa. Só sei que ele sumiu, me deixou cheia e sumiu sem me dar satisfação. Antes era o tempo todo o telefone tocando e ele querendo me comer quase todo dia, e eu já sem graça, que é que a patroa não ia pensar, eu pendurada no telefone, ouvindo a conversa fiada dele, e ele insistindo, insistia tanto que eu não agüentava. Dizia cada coisa no telefone que eu ficava toda molhada, me dava vontade de sair na hora e me encontrar com ele. E veja a senhora no que deu. Das duas uma, ou ele assumia o menino ou pagava um doutor pra tirar. Tomei tudo que foi remédio e nada. Não ia ficar vendo minha barriga crescer na casa dos outros sem fazer nada. A família dele nunca que ia querer saber de mim. Eles tinham tudo: cama, colchão e travesseiro, e eu não tinha nada, só a roupa do corpo e uns trocados na bolsa. Ele me disse pra falar com uma tal de dona Pepita se tivesse algum problema, mas eu nunca que consegui falar com essa mulher. Era ela que quebrava os galhos dele. Desde que desconfiei que estava grávida, eu ligava pra lá, sempre diziam que ela não estava. Passou um mês, dois, já vai pro terceiro e aí eu vi que nunca que ia poder falar com ele nem com ela. Deus me livre e guarde, se a patroa sabe, vou pro olho da rua, quem quer empregada com uma criancinha berrando de noite? Agora, se ele pensa que vai ficar tudo assim, está muito enganado. Minha família não é das piores, eu que sou uma desmiolada; tenho meus estudos, ia fazer o supletivo agora, sempre quis ser independente, meu pai se sabe me mata, meus irmãos capam ele vivo, e tomara que capem mesmo pra ele deixar de comer tudo que é moça. Imagine quantos filhos ele já não botou no mundo? Mas não pense que sou dessas que andam dando por aí pra qualquer um. Amei Batalha, ainda amo, que mulher é bicho besta, desde o primeiro dia, ele todo bonitão, vinha numa camionete dessas bem grandes com o nome do supermercado nas portas. Eu não entendia como se engraçou de mim. Não vou dizer que sou feia, sou engraçadinha, tenho corpo bom, não falo errado como a maioria das domésticas. Já li até Saramago no colégio. Eu só queria ter a minha casa, o meu marido, mas com um menino vai ser mais difícil. Sei que fui uma boba, inocente, nunca fiz por onde não ter, vão dizer que fiz de propósito porque filho é que segura homem, mas nunca pensei assim, ia desprotegida porque é mais gostoso, se tivesse usado não estava passando por essa agora. Também ele disse que não usava nunca, que brochava se botasse aquilo, tirava o prazer, prazer vou ter eu agora. Quando sair dessa vou ser mais sabida, vou logo dizendo sem camisinha não, isso de gozar fora é conversa fiada, todos dizem e na hora do bem-bom quem quer que tire? Eu mesma sou a primeira a não deixar. Tenho umas amigas que usam outros meios só pra segurar o homem, Deus me livre, de dor basta a vida e também o homem perde o respeito. Como eu nunca quis fazer do outro jeito, ele tirou o corpo fora, que eu assumisse toda responsabilidade, eu que procurasse fazer tabelinha, logo eu, sei lá como é que faz tabelinha! E ele ah, se vire. Me enchia de presente, perfumes caros que eu nem uso, de raiva que fiquei dele. Me dava coisas que minha patroa perguntava onde eu tinha achado. E eu toda orgulhosa, foi o Batalha que me deu. Ontem tomei coragem e fui no mercadinho que ele disse que era do pai dele, longe pra cacete, do outro lado da cidade. Disse pra dona Helena que ia visitar uma tia doente. Não foi difícil achar, o mercadinho tinha o mesmo nome dele. Entro e quem eu vejo arrumando umas prateleiras? Todo bonitão, macacão vermelho com o nome do mercadinho nas costas? Aí toquei no braço dele. Ele deu um pulo pra trás como se tivesse visto o cão, e sumiu, correu lá pra dentro. Foi aí que descobri tudo, que ele não é filho porra nenhuma de dono de supermercado. Usava a camionete só pra botar banca. Aquilo doeu mais do que se ele tivesse arrancado o menino de dentro de mim sem anestesia. Ainda perguntei ao segurança se eu podia falar com dona Pepita, e ele disse que ela não trabalhava lá mais não. E Batalha? Também não tinha nenhum Batalha, só o dono. Seu Juarez Batalha. O cara me olhou de cima a baixo e perguntou o que eu queria. Disse que era emprego, mas ele falou que nem adiantava ir lá dentro, não estavam contratando, estavam era despedindo. E eu: "E aquele rapaz moreno de macacão que arrumava as prateleiras?" Ele: "Ah! O Raimundo!". "Estou esperando um filho dele." "É o que ele mais sabe fazer", disse o segurança. Filho-da-puta! Uma vontade de ir lá dentro, esculhambar com ele, chamar de tudo que é nome, mas sou educada, não ia fazer isso. Um fodido que nem eu. Continuei caminhando pelo mercadinho, toda sem saber o que fazer, uma vontade de comer biscoito de chocolate, acho que de desejo, e nem um conto na bolsa, só o dinheiro da condução. Foi naquela hora que tomei a decisão, acabar com essa história. Ele não ia mesmo mais querer saber de mim, dinheiro não tinha, vai ver ganha salário mínimo que nem eu, me deu vontade de xingar ele ali, de comedor de empregada pra baixo. Mas não ia adiantar nada mesmo... Eu já ando desesperada, um sono da peste, nunca pensei que barriga desse tanto sono, minha patroa acho que já está desconfiada. Me viu vomitando umas duas vezes. Ainda pensei voltar pra casa dos meus pais e ter essa criança e depois deixava lá no carrinho do supermercado pra ele criar. Esses pensamentos malucos que passam pela nossa cabeça. Queria um futuro bom pro meu filho, mas do jeito que a vida está nem sei mais o que é melhor. Já fiz tudo que foi remédio, enfiei comprimidos, talo de mamona, só fiz foi sangrar, o menino tá grudado em mim, saiu tanto sangue, minha patroa é muito boa, nem maldou o que eu tinha feito, me mandou deitar e tomar uns comprimidos. Eu disse que minha menstruação é sempre forte, de ir pra hospital, e ela acreditou. O pior é que não sou a primeira nem a última que ele vai comer, encher e abandonar. Mas dessa vez ele se estrepa, meus irmãos vão capar ele quando souberem. Ou então espero ele voltar um dia, eles sempre voltam esses esporrentos, quem não gosta de comer uma moreninha de corpo enxuto que nem o meu, aí eu deixo ele me comer do jeito que quiser, até aquilo que nunca dei eu dou e na hora que estiver gozando vai ver o que faço com ele, passo a faca. Fiquei tão nervosa ontem, meu patrão olhou pra minha barriga, acho que desconfiou da minha blusa folgadona, e se ele desconfia vou pra rua. Também não sei se não me olhou com outras intenções... Sabe como é homem... Estou tão nervosa. O menino parece até que adivinha tudo que eu penso. Veja se não está se mexendo? Dói muito? A senhora divide?

# Figurinhas difíceis

Maria Antonieta Pons era demais! A gente saía do cinema com a alma lavada. A mulher dançava uma rumba como ninguém. Não importava que seus filmes tivessem uma história chocha. O grande momento era quando a orquestra fazia aquele suspense, os tambores rufavam interminavelmente, o canhão de luz era dirigido a uma porta e lá vinha ela. Primeiro uma perna saindo dos babados, depois a outra, e ei-la de corpo inteiro, endiabrada. Com as maracas na mão, ia de um lado a outro do palco, brincava com os homens da orquestra, ficava de costas se balançando toda, os babados da saia ajudavam, diga-se, e a glória suprema era quando uma de suas pernas furava a abertura enviesada da saia comprida e apontava o infinito. Valia a pena ter nascido só para ver os filmes de Maria Antonieta Pons. Não havia mulher na face da terra capaz de competir com ela. Nem mesmo Ninon Sevilha. No colégio, era a figurinha mais valiosa no álbum do mundo do cinema. Quem a tinha em duplicata, segurava, só para aumentar-lhe o valor. O chato dos álbuns era que as mulheres vinham só da cintura pra cima. Devia pelo menos aparecer as coxas. O que menos valia era Cantinflas. Ninguém queria. Abrir uma bala e encontrá-lo era a maior decepção. A gente não entendia por que seguravam tanto a Maria Antonieta Pons. Sonhávamos com ela e até nossos sonhos tinham valor. Quem contava um era como se tivesse dormido aquela noite com ela. O cara passava a ser visto como um agraciado de Deus. Não valia inventar, pois a gente sabia que era sonho inventado quando o sujeito contava uma história toda certinha. Depois dela só mesmo a Maria Félix, mas essa fazia filmes muito tristes, cheios de sofrimento, a mulher chorava muito, o semblante sempre carregado de decepção por causa dos homens que a abandonavam. Queríamos rumba, queríamos Maria Antonieta Pons. E silenciosamente criamos um grupinho restrito a quatro amigos pra falar dos filmes dela. Foi ali que nasceu meu gosto pelo cinema.

Reuníamo-nos uma vez por semana pra comentar filmes passados e ler na *Cinelândia* os futuros. Bastava ler a coluna de uma fofoqueira de Hollywood de nome complicado pra saber o que vinha por aí. Os amores de Maria Antonieta Pons nos machucavam demais. E a mulher se apaixonou por um homem muito feio, a maior decepção. Um dia quase saía soco porque um do grupo disse que ela se comportava como puta que não escolhe com quem vai. Poxa, ela não merecia isso. Por mais que se apaixonasse pelo cara errado, não havia por que apedrejar a rainha da rumba. Aquelas coxas a perdoavam de tudo. O cine Rex anunciava seu próximo filme com meses de antecedência. O primeiro dia era uma loucura. A gente tinha de chegar cedo, saía logo depois do almoço pra ver se entrava na sessão das duas. Depois só à noite e aí só os adultos podiam entrar. Ainda não tinham inventado sessão contínua. O cine Rex era o pior da cidade, cadeira de pau, mas quem disse que a gente sentia o desconforto com aquele mulherão na tela, exibindo suas coxas com todo o suspense possível. Ela nunca apareceu nua, nem mesmo de costas. Acho que era justo por isso que a gente gamava nela. O suspense, a hora em que um vislumbre de sua carne dourada enchia os nossos olhos, e só ao final do número ela esticava a perna direita, uma queda de cabeça pra trás, os braços erguidos, toda recostada numa coluna. Um sovaco lisinho, lindo. Era o delírio. Outras vezes fazia a apoteose costas contra costas com o maestro, que a gente achava que ele era amaricado porque vestia uma camisa de mangas bufantes, babados da cor da saia de Maria Antonieta Pons.

Nessa época ainda não sabíamos de comichões pelo corpo, mas foi ela que as despertou. Foi o Alex que disse ao sair da sessão: "Essa mulher fez uma coisa comigo que nunca senti antes". Ele foi o único a ter coragem de dizer. Os outros três ficamos calados. Olhamos um pro outro e caímos na risada. Alex sempre foi mais destemido, mais despachado. Dali em diante já víamos os filmes dela com outros olhos e outro corpo. Começamos a ficar nervosos, a mulher demorava a aparecer, só depois de vinte minutos de filme era que ela aparecia e assim mesmo toda recatada. Geralmente se contava a história de uma moça pobre que lutava contra a pobreza, e tome tempo, tome tempo, de porta em porta a procurar emprego, até um dia arrumar um de faxineira num teatro. Aí já estava perto. Do balde pro palco era questão de minutos. O diretor do espetáculo a pegava se rebolando enquanto ouvia a música da orquestra e varria o chão. A dançarina contratada estava doente, tinha viajado, qualquer coisa que ia impedir o espetáculo. E quem a substituía? Maria Antonieta Pons. Dali pro estrelato não faltava mais nada e também pro nosso corpo desejoso das pernas dela. A estréia da nova estrela era sucesso imediato e dali a pouco passava numa velocidade espantosa o nome dos lugares do mundo onde ela fazia suas turnês sempre de casa cheia.

Aí apareceu uma tal de Sarita Montiel. Foi o golpe fatal em Maria Antonieta Pons. Não se podia comparar uma com a outra. Sarita não tinha aquelas pernas, não sabia dançar rumba, mas caiu no gosto do público. Por mais que a gente desfizesse dela, que só cantava músicas tristes, "La violetera" era um velório perto das rumbas animadas da nossa estrela. E, ainda por cima, Sarita Montiel vinha metida numas roupas que não deixavam ver nada, salvo um vislumbre dos peitos arfantes, mas nada nela nos comovia. As pessoas saíam chorando do cinema, o que não acontecia quando íamos ver os filmes da bela rumbeira. Quem via os filmes de Maria Antonieta saía do cinema feliz, a alma pra cima. Mas acontece que Sarita pegou e na nova série do álbum a figurinha dela de repente ficou valiosa. Fechamos nosso álbum quando as balas traziam quase uma Maria Antonieta Pons atrás da outra. Um desprestígio que ela não merecia. Ficou tão fácil quanto Cantinflas. Só Maria Félix continuava a mesma, um pouco difícil, mas dava pra arrumar uma duplicata de vez em quando.

Foi por esse tempo que nossas vistas saíram da tela e foram pra rua. As meninas do colégio das freiras eram bem bonitinhas marchando no 7 de Setembro, com a aba do chapéu meio de banda, como Greta Garbo numa foto famosa. E as balizas da Escola Normal com as pernas de fora eram muito mais palpáveis do que Maria Antonieta Pons. Se escarrapachavam no chão que era uma beleza, e ainda mostravam os fundilhos bordados de lantejoulas sem nenhum pejo, coisa que Maria Antonieta nunca mostrou. E, assim, ela foi sumindo de nossas vidas sem que sentíssemos. Nem nos sonhos aparecia mais. Nossos álbuns ficaram incompletos, o grupo se desfez. E nunca mais notícia de Maria Antonieta Pons. A nossa preocupação agora era adulterar a carteirinha pra ver Norma Benguell nua, currada por um bando de playboys.

# Ananda Daya

Seu Matias comia cuscuz seco de três dias e ainda achava bom. Só de uma coisa na vida seu Matias não gostava: a solidão depois que a Neusinha se fora. Lia anúncios de jornal onde mulher procura homem, homem procura mulher, mas nunca teve coragem de ligar para nenhum número, nem também de publicar um anúncio. Foi numa dessas leituras que ele leu "Ananda Daya, cura prânica". Seu Matias sempre fora dado a leituras esotéricas, mas desse tipo de cura ele nunca ouvira falar. Quem sabe ela não o curaria daquele mal que era a sua falta de energia para procurar alguém? Achava-se velho e feio. Ninguém iria olhar para um homem tão sem graça que nem ele, de cabelos poucos e nariz desabando.

O anúncio falava prodígios feitos pela mulher que anunciava mãos capazes de energizar a alma mais anêmica. E seu Matias, depois de avaliar suas economias, lá se foi com a alma encolhida.

Esperava encontrar uma senhora de longas vestes, longas tranças, uma tiara na cabeça, incenso por todo canto. Ao chegar lá, o que encontrou foi uma senhora madura, cabelos ralos amarelo-ovo, metida num bustiê vermelho combinando com calça de lycra justa, num tom mais vermelho ainda, com rendinhas laterais que davam para ver que ela estava sem nada por baixo.

Ananda Daya, um boa-tarde seco, abriu a porta fechada a cadeado. Ele se identificou. Era uma sala pobre mas ampla, onde secava num canto um lençol, e três toalhas de banho pingavam no taco escurecido. Ao pé da cama de massagem, um toca-fita, no outro canto um cabide de pé e uma mesinha onde havia cristais de todas as cores. Seu Matias sentiu um grande alívio, havia algo de espiritual, sim, naquela pobreza. Ele, que já estava fazendo mau juízo da mulher. Ela devia ser uma asceta, pouco estava ligando para os bens materiais.

"Sente dores?", ela perguntou, uma voz rouca, indefinida. Seu Matias teve vergonha de dizer que sim, que tinha dores na alma. Tinha uma dor no ombro que o perseguia mesmo depois de aposentar-se do banco, mas o que lhe doía mais que qualquer outra parte do corpo era a solidão. Faltava-lhe a energia necessária para sair dela. Ele perguntou o que era cura prânica, mas a mulher fez que não escutara, mexendo que estava em uns tubos de creme e vidros de óleo.

Ananda Daya mandou que seu Matias ficasse à vontade, pendurasse a roupa no cabide. Seu Matias ficou só de sunga, era mais apresentável que ir com aquelas cuecas velhas do tempo da Neusinha. E também não ficava bem se apresentar em trajes íntimos a uma desconhecida, ainda mais uma mulher que era puro espírito. Sentou-se timidamente na cadeira de plástico. Ela trouxe uma baciinha de alumínio com água fria, o que o refrescou inteiramente, deixando-o mais aliviado. Dentro da bacia ela jogou os cristais que estavam sobre a mesa. Do banheiro vinha um fedor rápido de mijo que não chegava a incomodar.

— Gosta de som? — ela perguntou.
— Como?

— Quer que ligue o som?

— Tanto faz — respondeu seu Matias, ainda um pouco desconfortável. Só pensava no que Neusinha acharia se fosse viva e soubesse daquela aventura. Para um homem comportado como ele, aquilo era o máximo que se podia permitir.

"Caía a tarde feito um viaduto..."

Foi um susto ouvir Elis Regina quando esperava uma música relaxante. A mulher se aproximou de uma mesinha e ligou um ventilador barulhento.

— Está tenso?

— Não, não, estou só cansado da escada.

— Mergulhe os pés na água e esfregue nas pedras pra captar as energias. Quer água?

Não, seu Matias não tinha sede de água, mas também não sabia dizer que outra espécie de sede tinha. Continuou roçando os pés nos cristais e depois de alguns minutos ela veio do banheiro ardido com uma toalha quase transparente de tão usada e começou a enxugar os pés de seu Matias. Assim abaixada, os peitos de Ananda Daya pareciam bem maiores do que ele achara ao entrar. Ela começou a enxugar os pés dele com tanto carinho que o deixou comovido. Sempre achou que enxugar os pés de alguém era o maior gesto de humildade. Aquela mulher era mesmo puro espírito. Sentiu por Ananda Daya uma repentina ternura e lhe perdoou o excesso de rispidez e as coxas grossas demais para seu gosto.

Toda concentrada, Ananda Daya parecia a sacerdotisa de uma seita desconhecida. Enxugou os pés de seu Matias com um carinho que o fez esquecer a vida miserável que levava. Havia tempos não sabia o que era alguém tocando seu corpo e teve medo. Sobretudo de se apaixonar. Quem sabe não era por isso que ela mantinha aquela frieza, aquela distância. Ananda Daya demorou-se entre os dedos de seu Matias, e uma súbita energia se espalhou pelo corpo dele. O sangue começou a fluir forte em todas as suas veias.

— Agora deite na mesa — ela falou.

A mesa rangeu sob o peso de seu Matias. Ele subiu com certa dificuldade, e o pior: o colchonete velho o deixou todo torto. Ananda Daya, a voz forte e firme:

— Se endireite!

Era quase um carão. Ele, que sempre fora muito obediente, se endireitou. Se naquele momento Ananda Daya lhe desse uma chibatada, ele aceitava. Estava inteiramente sob seu domínio. Pensava agora na visão que ela estava tendo de seu corpo deitado assim de bruços e sua alma encolheu-se como sob um jato de água gelada.

"E um bêbado trajando luto" continuava lá fazendo seus estragos no sonzinho barato, enquanto as mãos de Ananda Daya começaram a sobrevoar o corpo de seu Matias de alto a baixo sem tocá-lo, só para passar energia. Depois pousaram suavemente em seus pés, passearam dos calcanhares até o topo da cabeça, e ele viu que as mãos dela passavam mesmo uma energia especial. Trabalhavam ardentemente, escorriam pelos dedos e pelo solado dos pés e apertavam com suavidade seus calcanhares. Seu Matias começou a achar que as mãos de Ananda Daya eram mesmo diferentes, mãos prânicas, como dizia o anúncio. Escorregavam macias entre os dedos, alcançavam num átimo a batata da perna e um perfume de creme vagabundo tomou conta do ar.

"A lua, tal qual a dona de um bordel", e ela já vinha machucando com lentidão suas panturrilhas, silenciosa, ele sentindo as mãos quentes misturadas com o creme fedido, só podia ser leite de aveia, que ele tanto detestava. E agora as mãos trabalhavam na parte traseira dos joelhos e, mais ágeis do que nunca (onde aquela mulher arrumava tanta força na ponta dos dedos?), iam subindo pelas coxas, e viu que ela estava tendo trabalho redobrado para massagear seus culotes. O creme espirrou com força untando-os fartamente. As mãos de Deus deviam ser assim, como as de Ananda Daya. Ele foi tomado enfim por um grande relaxamento. Sem pedir licença, seu Matias desceu a sunga que ela ajudou a tirar com a maior naturalidade e as mãos prânicas resvalaram cremosas por toda a superfície dos glúteos, depois se intrometeram certeiras por seu baixo ventre, e seu Matias se arqueou um pouco para a mulher segurar melhor. Foi aí que sentiu o profissionalismo de Ananda Daya. Ela não se espantava com nada. Tudo para ela era natural. Continuou velozmente a massagem, fazendo agora sábias paradas, e seu Matias viu despertado com força algo que adormecera fazia tempo.

— Agora de frente — ela falou.

Seu Matias ficou meio constrangido com seu estado. Mas Ananda Daya continuou concentrada na região do abdome com a mesma doçura e naturalidade com que lhe tinha massageado os pés. Seu Matias fechou os olhos para evitar o desconforto de sabê-la tocando na sua parte mais firme. Deixou-se levar de vez pelas mãos da mulher, continuou de olhos fechados e entrou numa dimensão desconhecida. Os dedos de Ananda Daya apertavam pontos cheios de energia represada. Seu Matias nunca soubera que havia em seu corpo uma fonte de pontos luminosos que explodiam em sua cabeça de forma descontrolada. Parecia estar ao mesmo tempo dentro de um sonho e não estar. Nunca nenhuma mulher o levara tão perto e tão longe de si mesmo. Teve vontade de abraçá-la, passar-lhe levemente a mão na cintura, mas isso não devia estar incluído no preço. De repente, viu que não ia conseguir se segurar. Ananda Daya deu um pulinho maroto para trás para não ser respingada. Seu Matias estava visivelmente constrangido.

— Não se preocupe — ela falou. — É normal. Vá tomar um banho.

Seu Matias entrou no banheiro fedido de Ananda Daya, dizendo para si mesmo do que um homem solitário é capaz. Quando estava se enxugando, a mulher entrou sem nenhuma cerimônia, abaixou o *legging* vermelho, sentou-se no vaso e perguntou como se tivessem uma intimidade de longos anos: "Por que quando a gente ouve água escorrendo dá vontade de fazer xixi?". A mijada desinibida e franca de Ananda Daya infundiu em seu Matias um sentimento estranho, um começo de alegria, esperança de alguma coisa que ele ainda não sabia definir.

# *In memoriam*

Um dia depois que ela morreu, ele parecia estar nem aí. Fez tudo que ela sempre detestara. Comeu mamão batendo com a colher nos dentes, mijou sem levantar a tampa do vaso, mexeu o café fazendo tim-tim com a colher até não querer mais e, glória suprema, bebeu água direto da garrafa, com a porta da geladeira escancarada. Ao meio-dia, tocou violão, aquelas músicas que ela odiava, bossa-nova da melhor qualidade.

— Seu Marcelino, até parece que o senhor não gostava da finada Margarida.

A voz o assustou e ele viu em pé, na porta do quarto, a cara brilhosa da empregada, que tinha uma cópia da chave. Nem a ouvira entrar. Era sempre assim, toda silenciosa. Ficou com raiva. Não tinha que se meter na vida dele. Soltou o violão, sentou-se no sofá podre de poeira e começou a chorar. O jeito com que ela falou "finada" tocou-o profundamente. Nunca pensara que Margarida um dia seria finada. Guida já era.

— Seu Marcelino, quer que eu prepare um suco de maracujá?

Ele não conseguia dizer nada. Soluçava sem se conter. Ontem nem chorara tanto, nem mesmo quando o caixão saíra. No cemitério parecia alheado do mundo, fungara só pra não passar vergonha. Também depois de tanto sofrimento, foi um descanso para os dois. Agora ele via como a casa estava um abandono só, cheirando a flor barata e vela derretida, restos de biscoito por tudo que era canto. Maluquice fazer o velório na própria casa, aquele entra-e-sai da rua toda, uns olhando a cara de dona Margarida e querendo rir porque tinha ficado mais feia do que já era. Saiu das lembranças com o cheiro forte de sabão em pó. Dona Valdenice passava com tanta força a vassoura de piaçava que parecia querer rasgar o chão.

— Tem que comprar mais sabão, seu Marcelino.

Não gostou do jeito dela falar, um jeito mandão, igual ao da outra. Só não a despedia agora porque a casa estava mesmo muito suja.

A mulher foi lá pra dentro reclamando, parecia estar querendo ocupar o espaço deixado por Margarida. Seu Marcelino se levantou e foi ao banheiro, passando por ela sem dizer nada. Sentou-se no vaso e cagou à vontade, pena que ela estivesse ali, senão ia ser de porta totalmente aberta. Saborear a liberdade. Não sabia como armazenara tanta merda se desde a hora em que o estado de Guida piorara ele não comera mais nada, a não ser café e uns biscoitos de polvilho no velório. Podia ser armada do mamão que comera com ela antes do peripaque final. Levantou-se e deu graças a Deus por estar com as tripas funcionando bem daquele jeito. Quem sustenta a vida é a merda, era o que sempre dizia.

— Feche a porta do banheiro, seu Marcelino.

Estava muito ousada a dona Valdenice, parecia querer mesmo tomar conta da vida dele. Aquilo foi uma indireta, pra não dizer "que merda mais fedida, seu Marcelino". Não fechou.

Da cozinha vinham os ruídos da mulher agora lavando panelas, reclamando da vida, tudo sujo, homem não dá mesmo pra viver só. Fez que nem era com ele. Ao passar perto dela, disse:

— Coisa boa é cagar.

A mulher o olhou meio de banda. Ele achou que tinha visto uma ponta de riso na cara dela. Quando dona Valdenice gritou do quintal "seu Marcelino, essas cuecas são pra lavar?", ele se sentiu invadido em sua intimidade. E ela não estava vendo que cueca num tanque é pra lavar? Não dava mais pra ter uma mulher entrando assim em sua vida. Iria viver sozinho e feliz. Compraria uma máquina de lavar e nunca mais dona Valdenice ia invadi-lo daquele jeito. O tom em que ela falou era de quem queria ser íntimo. Respondeu que sim, que eram pra lavar, e já estava sem cueca pra usar, estava com uma sunga que de tão apertada estava lhe esmagando os ovos. Não queria intimidade?, então tome.

— Seu Marcelino, mais respeito — retrucou a mulher.

— Desde quando é falta de respeito falar em ovos? Todo homem tem — gritou ele, de lá do banheiro de novo.

A mulher finalmente se calou e começou a cantarolar hinos de igreja. Chata, chata que nem a Margarida. Herança da carismática, aquela mania de arrumar empregada na hora da missa em que todos se abraçavam. Estava por aqui com a carismática. Ia despedi-la em breve e ela ia saber o que era acordar sem emprego.

Dali a pouco voltou ao banheiro. Demorou-se menos. Fora mesmo o mamão, cujo efeito estava acabando. Puxou a descarga e o ruído da água o fez rir quase além do limite permitido por uma viuvez fresquinha. Livre para voar. *Livre para voar*, a última novela que tinha divertido dona Margarida, que os dois viam de mãos dadas, apesar do fedor de mijo e merda que emanava dela. Já não agüentava trocar tanta fralda. Tudo tem limite.

Abriu a porta, fez cara de triste e rumou pra cozinha. Depois que levaram a defunta (ele pensou presunto, ao abrir a porta da geladeira), ficou com uma fome brutal. Também, quase não comera nos últimos dias de vida da falecida. Ainda bem que tinha muito mamão da dieta que ela fazia. Ao sair pro quintal, deu com dona Valdenice de costas, sem blusa, só de corpete, o colo resinando de calor. Bem fornida, a dona Valdenice. Até que dava pro gasto não fosse estar ele de nojo. Aquele cheiro de vela e flor de defunto despertara nele uns desejos fora de hora, como se fossem uma mensagem de que tinha de aproveitar a vida. Do jeito que estava seco... desde que a tal Margarida piorara, nunca mais ele soube o que era o gostinho daquilo. Sentiu vontade de rir de novo. "Será que estou ficando maluco?"

Ao vê-lo se aproximar, dona Valdenice pegou a blusa que pendurara num prego pra se cobrir.

— Fique à vontade, dona Nice. Se incomode comigo não.
— Seu Marcelino, o senhor precisa comprar umas cuecas mais modernas!

Olha só que atrevimento! Já estava dando palpite até em sua roupa de baixo. Não disse nada. Aquela mulher estava querendo. Não perdia por esperar.

— A senhora quer eu compre alguma coisa pro almoço?
— Senhora está no céu. Você.

Dona Valdenice não se cobriu, só ajeitou a alça caída do sutiã vermelho. Ele passou por ela e sentiu o mesmo cheiro de alfazema da finada. O sangue se espalhou quente por todo o corpo de seu Marcelino. Passou de leve a mão no ombro de dona Nice. Ela não disse nem sim nem não. Encostou-se de leve, apertou-a por trás e ela se deixou levar. Seu Marcelino a fez curvar-se ali mesmo sobre o tanque. Levantou-lhe a saia e fez bem demorado, acostumado com a outra, que só gostava assim. Dona Nice se segurava na torneira pra não desabar. Seu Marcelino se achou dentro de um filme pornô em que o cara pega a mulher nos lugares mais estranhos. O jorro veio forte. Dona Valdenice agüentou bem, sem um grito, sem um gemido. Assim que ele terminou, ela apenas baixou a saia e voltou a lavar as cuecas de seu Marcelino. Ele ficou observando a forma delicada como ela as esfregava. Gente fina, a dona Valdenice. Depois se encaminhou para o quarto. Não tardou o som do violão.

# Tadinho do professor Tadeu

Antes ele do que eu. A gente cantava assim só para irritar o professor Tadeu quando ele saía da sala azucrinado com tanta chateação. Cantávamos quando ele dava as costas. Coitado. Tímido que nem um gato, fugia à menor aproximação de qualquer pessoa. Adolescente não admira gente fraca. Entrava na sala com aquela pasta preta, grande demais pra ele, um homem pequeno, menos de um e sessenta, cabelos poucos, só dos lados, porque no alto da cabeça já era. A roupa era pobre, porque professor não ganha para estar em loja cara todo dia. Envelhecido pra idade, porque professor envelhece cedo. Enquanto fazia a chamada, bastava ficar olhando pro pé dele num sapato de bico fino pra ele ficar todo desconfiado. O professor Tadeu nos observava com aqueles olhinhos azuis. Eram a única coisa que prestava nele, os olhinhos azuis, assim mesmo pareciam de mico. Um pobre coitado, que ainda por cima tinha o sestro de torcer duas vezes o pescoço pro lado esquerdo. Quando ficava nervoso, torcia mais. A gente via que ele era um inadaptado ao mundo, nunca estava na sala dos professores, e quando o procurávamos, ele se esquivava, estava sempre indo ao banheiro ou à biblioteca e ficava lá um tempão até tocar a sirene.

E foi aquele alvoroço quando soubemos que o professor Tadeu estava namorando a professora Vanda, a mais esfuziante do colégio, a primeira a ser admitida no corpo docente, roupas coloridas, cabelos cor de fogo, ouriçados, ela mesma uma ouriçada. Não gostava que a gente a chamasse de dona. Era só Vanda. Era ela quem fazia a nossa cabeça com sua linguagem sem freios, contando as histórias dos deuses gregos e romanos, quem comia quem, quem traía quem, quem matava quem. Adorávamos a história de Pandora, a tal da caixinha, que Machado de Assis chamava de "boceta", dona Vanda frisava com seu sotaque carioca, "está lá no Brás Cubas, gente", e nós caíamos na risada que ela sabia controlar apenas com a mão direita espalmada.

Dona Vanda, a que não tinha papas na língua, com o professor Tadeu, impossível! Aquilo devia ser pra praticar uma boa ação, pra ver se a gente respeitava mais o mestre. Aí foi que piorou. O ciúme tomou conta da gente. Foi a primeira vez que não cantamos "tadinho do professor Tadeu, antes ele do que eu". Cada um de nós achava que tinha direito a um dia subir no leito de dona Vanda. E vieram as gracinhas. O pobre vai ser esmagado, não vai dar conta do recado, deve ter pau pequeno. Do que a inveja e o ciúme não são capazes? Dona Vanda era aquele mulherão, corpo enxutaço, pernas que nos deixavam num silêncio compungido quando ela subia no estrado e ia escrever no quadro. As pernas de dona Vanda mereciam cinco minutos de absoluto silêncio. Mulher sabe quando é admirada: "Que silêncio é esse, gente?". Aquelas pernas provocavam certos sonhos que, se fôssemos pro inferno, podíamos alegar legítima defesa.

E assim o novo casal do colégio fez furor. Mas o professor Tadeu não se emendava em sua timidez. Se a gente pensasse bem, ele merecia respeito. Não era pra qualquer pé-rapado ascender ao leito de dona Vanda. Se ele o galgara, fora por merecimento. E se continuava com ela, mais merecimento ainda.

Até que, com o passar do tempo, o professor Tadeu ficou menos tímido. Já era possível vê-lo mais enturmado com os professores, soltava uma ou outra risada, talvez piadas picantes contadas por dona Vanda ou pelo professor Mangueira, o mais engraçado do colégio. E o professor Tadeu já contava até piadinha na aula, curta, porque se fosse mais longa ficava vermelho, se atrapalhava todo, chegando ao final sem nenhuma graça. Aí ninguém ria e ele ficava mais sem graça ainda, sem saber nem onde enfiar as mãos. Estavam melhorando as aulas do professor Tadeu. Já não eram tão maçantes quanto antes. Como dizem, há sempre uma grande mulher por trás de um grande homem. Esqueci de dizer que ele era nosso professor de matemática. Ela, de literatura. Nossa Pandora, pois agora nossa esperança era que o namoro acabasse e assim recuperássemos nossas ilusões.

Um dia, no intervalo, Anselmo, o mais safado da turma, botou uma pasta bem recheada no estrado, se deitou em cima e disse que era o professor Tadeu comendo a professora Vanda. Dava dois repuxões no pescoço pro lado e continuava com o movimento de vaivém virando os olhos, e a gente morrendo de tanto rir, batendo palma e gritando "vai, vai, vai" e Anselmo impando, impando, apressava os movimentos e dizia "não consigo, não consigo". Tão entretidos estávamos que nem nos demos conta da sirene, e um vulto assomou à porta. Anselmo se levantou todo sem graça. O professor Tadeu olhava a gente, silencioso, e parecia que havia um bom tempo. Foi aquela ducha de água fria.

— Sessão pornô?

Foi um silêncio como nunca houve em suas aulas. Cada um foi pra sua carteira, sem saber o que fazer com os olhos. "Pois bem", disse o professor Tadeu, como se nada houvesse acontecido, "na última aula deixei um monte de exercícios, quem fez?"

Como sempre, ninguém tinha feito. E ele: "Já que ninguém fez, hoje não vou falar de senos, co-senos, secantes e co-secantes. Vou falar da coisa mais importante da vida, já que vocês estavam tão interessados na perfomance do colega". Aprontamos os ouvidos para ouvir lição de moral, embora essa não fosse a dele. Mas que nada! Foi o contrário. Falou da importância da pornografia em nossa vida. Que em todas as épocas sempre houve pornografia e nem por isso a humanidade parou de evoluir. A pornogafia liberta a alma da mediocridade do dia-a-dia, nos dá outra dimensão da vida. Leiam Aretino, peçam à Vandeca (hum! hum! como já estávamos íntimos!) um poema, garanto que vão gostar. Que o que a gente estava fazendo não tinha nada de errado, estávamos estimulando a imaginação, coisa que a escola não fazia. Não há algo que estimule mais a imaginação do que o sexo, ele disse. Que é preciso uma boa dose de sacanagem pra viver bem. Porra, o cara estava com tudo, usando um vocabulário que nunca imaginamos que fosse usar. E foi uma aula do cacete. Falou que a hipocrisia do mundo era grande e que um dia a gente ia ver isso de perto. Se liguem, que não entrássemos nessa, fôssemos sempre autênticos, como a Vandeca. Por isso ela era incompreendida por alguns puritanos que queriam vê-la pelas costas. Se as pessoas soubessem como trepar — ele falou assim mesmo, sem rodeios —, o mundo seria menos infeliz, que quem não trepa bem só pensa em fazer o mal aos outros, é assim que nascem as guerras e todas as nossas infelicidades. Se os generais trepassem mais não haveria tanta tortura. Não vêem os padres? A Igreja sempre foi cheia de escândalos, sabem por quê?, porque batina cobre o pau, mas não cobre as taras. Porra, o cara tava demais, era outro homem, o professor Tadeu. Alguma coisa devia ter acontecido com ele. Teria enlouquecido? Ou seria efeito das noitadas com a professora Vanda? Ela o estava deixando de pau duro e miolo mole, só podia ser. E encerrou dizendo: "É dos puritanos que vem todo o mal do mundo.

Quando vocês forem infelizes, vejam se não é falta de uma boa trepada. Talvez tenha sido hoje a aula mais importante da minha vida, mais do que todas essas outras cheias de senos e co-senos. Essa vocês nunca vão esquecer". O cara detonou!

Aplaudimos pela primeira vez o professor Tadeu. Passamos a vê-lo com outros olhos. A conversa tomou conta de todos os intervalos e chegou, fatalmente, aos ouvidos do diretor. Resultado: perdemos o professor Tadeu. Solidária com ele, foi-se também a Vandeca, e com ela nossa caixinha de Pandora. Dali em diante, o colégio perdeu a graça. Os dois sumiram. Falaram que, desgostosos com o Brasil, tinham ido morar na França; outros, que tinham sido presos e torturados nas mãos da repressão, e notícias nunca mais. A verdade é que depois daquele dia deixamos de cantar "Tadinho do professor Tadeu". Nem ousaríamos.

# Lofote e sua mãe

Mas que diabo que dava naquele desgraçado pra ele sair assim correndo feito um doido, embiocando pela primeira porta como se quisesse sumir no mundo?

— Lofote, corre que lá vem a polícia!

E lá se ia ele com a perna direita esbandogada, a que tinha passado o vento ruim, todo desconjuntado, procurando um canto pra se socar. E ela atrás, querendo segurar o fidapeste sem poder, sem força nenhuma desde o último aborto. Melhor que tivesse também abortado aquela desgraça de sua vida. Menos um infeliz no mundo.

Ele corria, embarafustava pela primeira porta aberta e ficava lá no canto, só os bugalhos dos olhos no escuro, feito dois holofotes. Era aquele medo de polícia e só saía de noitinha porque a polícia já foi dormir. Aí podiam gritar quanto quisessem que ele nem estava aí. E ela ficava na porta, uma vergonha dos demônios, porque ninguém ia deixar ela entrar com aquelas roupas fedorentas, bastava ele pra melecar tudo. Nas casas mais ricas chamavam logo algum policial pra tirar aquela carniça do filho. E ele fincava pé, grunhia feito porco quando se enfia a peixeira.

Quando o grito vinha logo de manhã cedo, era um dia perdido. Nem mais restos de comida achavam, um grito vinha de cada esquina, e era porta se fechando e ele correndo, capaz de ser atropelado, igual a gato que corre sem ver o que vem pela frente. Nesses dias, o jeito era voltar pro poço onde moravam, um barreiro fundo onde pra descer era o destempero da vida.

A coisa começou a doer nela quando, mal avistavam os dois, as portas começavam a bater e todo mundo na janela "Lofote, lá vem a polícia!". O pobre, sem ter pra onde correr, se cagava todo de medo e aí a vaia comia solta, "Lofote cagão, vai terminar na prisão!". Às vezes ela até rezava para que aparecesse mesmo um polícia e levasse ele pra cadeia e lá ele ficasse pra sempre. Menos um peso na vida. Mas que nada, só faziam tanger ainda mais o disgramado das ruas.

O jeito foi se mandar pro lixão. Ninguém mais abria uma porta pra dar uma cuia de farinha que fosse. Mas lá também era aquela multidão, a sorte que ninguém sabia do medo dele. Por isso conseguiram ficar por ali, catando os restos, ele se divertindo com os urubus. Corria atrás dos bichos todo se babando e se entendia com eles. Até que um dia um deu uma bicorada no cocuruto do infeliz que rancou sangue. Puta que pariu, ninguém acudiu seu menino, só faziam rir, os filhos-da-puta. Foram pro poço e lá ela botou bosta seca de vaca no ferimento. Melhorou, mas ficou escorrendo o tempo todo aquela água fedorenta pelo pescoço por onde ele passava os dedos e lambia.

Depois disso, ele agarrou medo do lixão. Tudo por causa do bicho preto que avoava sobre as cabeças. Ela era a única que entendia o que ele falava. E agora? "Ô Lofote da peste, castigo de meu Deus!" E teve de procurar outros lugares pra mendigar. Logo agora que já tinha um homem se engraçando dela! Só sentiu saudade dos pedaços de melancia que os ricos só comiam pela metade, e dos cocos que sempre tinham uma raspinha de carne já amarelecida.

Agora só saíam de noite, acordando as pessoas no revirar das latas de lixo. Quando chovia, na escuridão, ela aproveitava pra tomar um banho de assento nas poças que encontrava. "Lavando a xoxota, desgraçada", gritavam. E, sem menos esperar, tome cachorro em cima. Quanto mais ricos, mais malvados eram. Voltavam lanhados pro poço e sangrando feito dois bichos. Ela sem güentar descer direito o barranco, e ele ia no escorrega-manteiga em dia de chuva, chegando lá embaixo todo melado de lama. "Escorrega, peste, pra ver se assim vai embora de vez!" Mas quem disse que ele morria? Ficava rindo, cada dia mais bobo.

Melhor ir pras outras bandas da cidade. No mercado não, pois foi onde tudo começou, os dois se arrastando pelas barracas a ouvir gracinha. Até maldar dos dois maldaram, achando que viviam como marido e mulher. Foram pros lados do cemitério e ficavam no portão vendo se tinha algum caridoso. Nem um. Parecia que parente de morto não carregava dinheiro. Se mandaram então pra catedral e aí foi aquela guerra, os mendigos já donos do pedaço jogaram pedra nos dois. Até que apareceu uma dona caridosa e levou o seu menino prum lugar onde podia ter cama, roupa limpa e comida. Quando lhe deram o endereço foi que ela soube que ele estava jogado num casarão onde todos comem com a mão na gamela, dormem como vieram ao mundo e de noite muitos cantam com os grilos na maior felicidade. Chorou, mas com ela foi pior. Ficou sem canto depois que chegaram umas famílias e a expulsaram do poço, um monte de animal, vinham sabe lá de onde. E agora, pra completar, aquele mundo de cachorro atrás enquanto puxa a carroça cheia de latinha de cerveja, garrafa de plástico e papelão.

— Maria dos cachorros!
— O cu da mãe!

# Nas garras do leão

Mal sentia a tal dor de cabeça, corria logo pro quarto, trancafiando-se até altas horas. Eu e Camila ficávamos preocupados, procurando o que fazer pro tempo passar logo. Depois ela vinha arrumando os cabelos, a nuca reluzente, o calor resinando nos braços à mostra. A boca, como se carregasse uma flor pelo talo, soprava os seios intumescidos a transbordar da gola redonda. Nos primeiros tempos, quando ainda não tínhamos nos acostumado à solidão, era um mastigar sem fim de coisas que não preenchiam o vazio. Estar sem ela era estar fora do mundo.

Com o passar do tempo, fomos descobrindo caixas, recantos dentro de casa que nem imaginávamos existir em tempos de saúde. Recantos escuros, onde eu e Camila ficávamos no princípio quietos, sem nenhum ruído para não acordá-la. Os trabalhos foram se dividindo, cada um apanhando a sua vassoura, o seu balde de água, a saboneteira pra limpar, tampinhas de garrafas perdidas debaixo dos móveis. E foi um mundo escondido brotando de todos os cantos. Arrumávamos tudo direito para que ela, ao voltar, não se aporrinhasse mais. No entanto, era aquele destempero na voz, clamando justiça pro seu papel incompreendido. Nada poderíamos fazer de melhor. Tínhamos dado tudo que podíamos. Até nossas roupas passávamos com aquele ferrão pesado. A desgraça era se soprávamos as brasas e uma faísca enchia o olho de azedume. Camila ficava mais aflita que eu. Não queria que ela nos visse um com a mão na cara do outro. E quando era no olho dela, preferia ir para o quintal molhar com água escorrendo da bica. Em outras ocasiões, recitava o "sai cavaleiro, tira do olho esse argueiro". Eu já havia deixado minhas brincadeiras de lado e só pensava no dia em que ela resolvesse não mais sair do quarto. Nós dois, naquele casarão, íamos nos perder para sempre.

O mais tarde que ela saía era pelas nove da noite. Esperávamos sua saída para dormir em sossego. E assim que o ferrolho trincava, uma coisa caía de dentro da gente, tinindo no chão feito ferro em faísca. Olhávamo-nos espantados, só sossegando com o riso dela dizendo "dessa vez escapei".

O nosso cuidado maior era evitar contrariedades. Quando mexíamos num prato dentro do guarda-comida, ela percebia que prato era. Se fosse o de desenhos japoneses, a ameaça fazia com que o largássemos na mesma hora. Tinha um cuidado especial com certas coisas que nunca entendíamos. Mesmo à distância, ela pressentia que alguma coisa ia ser arrancada de si e, furiosa, entrava em casa já com a mão na cabeça. Quando notou que tínhamos medo que ela tivesse uma recaída, dizia que seu fim estava perto, não tínhamos a menor compreensão da vida. E assim foi nos reduzindo à extensão de seus gestos, à sua irredutível maneira de ser. Como criança tem um mundo despreocupado (a aproximação dos outros nos fazia sentir isso), percebemos que esse mundo já dera lugar a um outro. Ela corria o dia inteiro, preparando a comida, cuidando dos lençóis sempre alvíssimos, deixando tudo muito ordenado para que, se morresse, não ficássemos totalmente ao desamparo, como se já não fôssemos dois desamparados. E tínhamos que estar a seus pés, ajudando. Um dia a gente ia ver a falta que ela fazia.

Depois da visita de seu Nivaldo, ela principiou a se queixar ainda mais da dor de cabeça, como se fosse coisa mandada. Ele chegava sem camisa, o peito descoberto ardido de sol. Vinha saber se ela queria alguma coisa do armazém, ir à cidade era coisa rara, ainda mais naquelas brenhas sem um transporte que não fosse cavalo. E no dia em que ele vinha vê-la, já sabíamos que a dor ia chegar mais cedo. Já sentíamos o cheiro dos chás de noz-moscada no ar. O pior era o alho picado com que ela esfregava as têmporas, deixando a casa toda manchada com seu cheiro. Nesses dias Camila já saltava da cama com muito cuidado, o medo de puxar os tamancos com força e ela pôr a culpa naquilo. Eu ficava até muito tarde enrolado na cama, só esperava a voz dela choramingar "que dor horrível, meu Deus!". O ferrolho do quarto trincava e, então, eu e Camila ficávamos a vagar pelo casarão. O café era tomado em muito silêncio, não podíamos mexer o açúcar com força. O almoço nesses dias de dores era sempre pão com goiabada. Quando chovia, tudo se tornava mais pesado. A casa chorava pelas telhas. As biqueiras exprimindo, entre mim e Camila, uma enxurrada de coisas ainda sem nome. Apreensivos com alguma goteira mais forte, íamos para o quarto e ficávamos sob os lençóis. No começo, cada um se cobria com o seu, mas com o tempo, para não sujar mais um, ficávamos sob o mesmo e vinha uma vontade de rir que não estava de acordo com a dor que ela sentia. Tínhamos muito cuidado com os pés sujos. E se depois uma manchinha aparecia, um botava a culpa no outro. Ela, ao fiscalizar coisa por coisa, nos fazia tremer diante de suas reclamações.

Tudo começou a mudar depois daquelas chuvas. Acordávamos cansados de nossos jogos sob os lençóis alvíssimos que só ela sabia deixar assim, passados na água de anil. Bochechávamos água de malva para arrancar aquela pele de areia que sempre restava na boca. Camila não falava nada, eu também não falava nada, era como se um acordo tivesse se estabelecido entre nós sem nunca termos pronunciado uma palavra. Eu dizia de minhas pretensões. Camila, com os olhos ainda inchados, me falava que nunca mais que a gente ia ter sossego. Perguntei se era por causa dela, da sua dor de cabeça. Ela falou que não sabia direito. Mas sossego nunca mais iríamos ter. E aquela dor de cabeça nunca dava trégua nem a ela nem a nós. Nunca saía logo que chegava. Acho que ela a pegava no sono e no sono mesmo se ia. À noitinha, o café era feito com cuidado, sem sujar nada de pó. Mas bolsa de café é a marca do irremediável. Uma vez suja, nunca mais recupera a brancura perdida. Da cozinha era a coisa que eu mais detestava. Panela, não. Com muita areia e sabão volta a brilhar. O desgaste das coisas me preocupava.

Já fazia algum tempo que os lençóis tinham deixado de ser brancos. Ela corria atarefada com outras coisas que não dão dor de cabeça: água nas plantas, rego pra chuva escorrer direito, um canteiro de tomate precisando de estrume. Eram pretextos para nos deixar de mão e ouvir as conversas de seu Nivaldo, que dera para aparecer mais amiúde. Ela já não reclamava se, ao voltar, estivéssemos na cama, procurando entender os desenhos das telhas (antes nem podíamos tirar um cisco um do olho do outro). Eu via sempre muita cara. Umas rindo, outras se transformando de repente em bichos estranhos. Camila só via raposas, gaviões abrindo asas e cavalos sendo montados. Nunca um desenho coincidia com o do outro. Certificávamo-nos de que era a mesma telha contando a partir da parede mais próxima e nossas mãos tocavam em partes do corpo que ainda nem imaginávamos existir. Ela abria a porta do quarto, fechava devagarinho, como quem não tinha visto nada, e nós sob os lençóis. Quando as mãos não estavam apontando os desenhos nas telhas, repousavam sobre as pernas do outro, a princípio quietas, mas com o tempo se moviam lentamente em direção ao desconhecido. A proximidade de nossos corpos era cada vez maior, e ela nem se incomodava com isso. Tínhamos de uma maneira sutil sua aprovação. E eram intermináveis aquelas horas. Quando todas as telhas já tinham sido vasculhadas, pegávamos as colchas de retalhos para adivinhar de quem tinha sido aquele vestido, aquela camisa, aquela calça. Ela costurava em tempos de saúde. Quando um adivinhava e o outro não, vinha o castigo. Os que Camila me inflingia eram sempre mais perigosos que os meus, castigando a si e a mim indiretamente. Raramente eu exigia pagamento pesado, embora ela achasse sempre tudo meu a peso de ouro. Eram pagamentos escondidos sob os lençóis que, às vezes, duravam mais que o necessário e eu ficava aflito com aquele sem-fim de Camila. Ela, que andava lá pelos matos com seu Nivaldo, nem desconfiava de nossas dívidas sem remissão. Só muito depois fomos nos dando conta de que ela nunca mais reclamara da tal dor de cabeça. Seu Nivaldo a ajudava agora a cuidar dos animais, e juntos iam buscar água na fonte distante, que ele trazia no burro, um jeito que ele arrumou de pôr os potes nos caçuás sem derramar uma só gota, o que a fazia rir de admiração.

Como achássemos que nossas brincadeiras não atrapalhavam ninguém, continuamos com elas sempre que ela estava longe. Agora tínhamos vontade de um espaço maior do que a cama, e Camila descobriu uma clareira entre as árvores e lá nos deitávamos e ficávamos olhando as nuvens, observando os desenhos que faziam. Perdidos entre aquelas mangueiras enormes, Camila me perguntava se eu não tinha medo. De quê? Ela não sabia dizer, medo, ora, medo, respondia. Eu dizia que não. Acompanhávamos as nuvens, e lá vinha cobrança firme se um de nós as perdia por distração, lá vinha cobrança firme. Já estava ficando um jogo perigoso. Já não nos contentávamos com pouco.

E vieram as noites de lua com as sombras das mangueiras formando catedrais imensas, como a que tínhamos visto num Natal quando nosso pai ainda vivo nos levou pra conhecer a feirinha. Ela, a essa altura, parecia sumida do mundo. Pouco a víamos. Envelhecera de repente e ficara curvada e triste. Seu Nivaldo foi sumindo aos poucos até desaparecer de vez. Voltaram as dores de cabeça. Passava a maior parte do tempo trancafiada no quarto enquanto ficávamos lá fora nas noites de lua cheia. Cada vez mais éramos tentados por coisas que já nem nos assustavam tanto. As barreiras foram se abrindo sem nenhuma culpa pra Camila ou para mim. Pegamos a estrada sem retorno. Ia ser difícil. Quando ela descobrisse, nunca mais ia nos deixar ver as sombras das mangueiras. O nosso plano agora era esse: ficar debaixo de uma daquelas árvores enormes e descobrir palmo a palmo, noite adentro, animais ferozes que as sombras projetavam em nossos corpos. Animal feroz é sempre grande, tem garras pontudas, e isso os galhos mostravam sem nenhum pejo. Ela parecia, a cada dia, mais alheia a tudo. Se não estava no quarto com a tal dor de cabeça, estava na sala esperando o sono. Ultimamente só sono. Nem falava mais de seu Nivaldo. Como estávamos cada vez mais inquietos, passávamos por trás dela e ganhávamos um novo caminho. A noite era puro breu e assim era melhor. Depois íamos dormir e sonhar e no outro dia contar os sonhos. Os meus eram cheios de animais estranhos, enquanto os de Camila eram cheios de boi zebu, e ela dizia que tinha medo de pegar no cupim que eles têm no pescoço.

Até que, finalmente, ela nunca mais se queixou de dor de cabeça. A casa entregue ao desleixo, os pratos só eram lavados no outro dia, as roupas se amontoavam. Ela estava com os olhos sempre molhados, mas não de lágrimas. Sorríamos. Parecia que estávamos livres de suas garras. A cabeça se curvava numa saudação melancólica. Aproximava-se mais uma lua cheia e nossos corpos já se movimentavam em direções diferentes. Mas, sob as mangueiras, eles pareciam um só, perdidos um no outro, como se tivesse sido sempre assim. Sorríamos. Ela nem saía mais de casa e quando seu Nivaldo voltou um dia, ela o desconheceu. Sua preocupação agora era com os piolhos de galinha, e pedia nossas roupas para fazer bandeirinhas que pendurava pela casa toda para atraí-los, e depois tocava fogo. Como estavam cada vez mais apertadas, entregávamos as roupas com promessa de uma nova. Mas ela nunca comprava, e só ficamos com duas mudas. Camila ficava toda envergonhada. Seu corpo havia inchado nos lugares devidos, e o meu, apesar das reviravoltas, era mais fácil de camuflar, se bem que em certas horas Camila ria, enquanto eu todo afobado não sabia o que fazer com os descaminhos do sangue. Cada lua era para nós um chamado muito forte, e ela já nos olhava como a dois desconhecidos.

# Formigas

Fechou a janela, puxou a cortina de plástico que um dia forrara a mesa e se deitou na cama. Desabotoou a camisa, estava sozinho, claro que estava sozinho, a mãe se fora (não havia mais ninguém para chamá-lo de Lindo) e se lembrava agora da poetisa declamando um poema no programa de televisão: "Hoje eu fiz amor comigo mesma". Achou um despautério uma mulher de classe como aquela declamar aquele poema tão ofensivo aos bons costumes, tão cedo na manhã. Audaciosa, a poetisa. E depois ainda disse: "Porque, se você não sabe fazer amor consigo mesmo, como entender o amor do outro?". Será que foi por isso que ficou sozinho? Poesia, apenas poesia, mas não sabia dizer por que se sentira de repente ofendido por aquelas palavras. Talvez o olhar da poetisa, sua segurança ao recitar coisa tão íntima diante das câmeras.

Deitou-se cansado, e não ia ser agora que ia fazer amor consigo mesmo. Queria mais era esquecer-se e esquecer aquela vizinhança desagradável, que o mantinha à distância como um leproso. Alguém bateu à porta, mas ele não atendeu. Na certa era esmola. Fechou os olhos, o sol furou a brecha da cortina e iluminou seu rosto envelhecido. Precisava refazer a tintura dos cabelos, que depois que a mãe se fora estavam ficando acobreados e com a raiz branca. Já devia ser tarde e ainda não tinha feito o almoço. O mal era ter ouvido aquele poema ainda cedo. Tirara-lhe todas as forças. Estava cansado, e também fora cedinho mais uma vez furar os braços para o controle glicêmico. Aqueles exames que apontavam cada vez mais o precipício que ele teimava não ver. Felizmente o homem moderno já podia morar só, fazer sua comida, lavar sua roupa, limpar a casa, mas longe daquele lugar desgraçado, onde bater em mulher e gostar de pagode era a melhor marca.

    O mais difícil para ele era, porém, seguir os regimes, cada vez mais tirânicos. "Seu Arilindo, cuidado com o açúcar! Seu Arilindo, evite carnes vermelhas!" E lá ia Arilindo para a casa de um cômodo só, mas bem arranjadinha para o meio onde vivia. Daí a inveja, a maledicência dos vizinhos. Por isso fechou a janela, puxou bem a cortina e se deitou na cama pensando na poetisa. Mas ele não ia fazer amor consigo mesmo, com mulher nunca fizera, ia morrer sem saber de nada. Melhor assim.

    Encaminhou-se até o cantinho que chamava de cozinha. Sobre a pia o pedaço de carne vermelha, a que o doutor não recomendava. Um bando de formigas já se assanhava em torno da água sanguinolenta e espessa que escorria do pacote. As mais afoitas já tinham se afogado. De repente pensou no próprio corpo se derretendo num dia futuro, que esperava não estar muito distante. Lembrou-se dos estudos, nosso corpo setenta por cento água... É muita água, Arilindo, mais água ainda no caso dele. Setenta por cento água se desmanchando depois da dor. Qual seria a sua? Pensar na morte era de enlouquecer. Olhou sem querer a barriga enorme, mal apertada pelo cinto. Os pés brancos nas sandálias que o aliviavam do suor que escorria sem trégua entre os dedos. E ainda por cima só usava calças pretas, que aumentavam mais o calor que sentia. Por baixo da camisa, uma camiseta branca encardida. Voltou a ver as formigas apressadas e se lembrou do túmulo da mãe em sua primeira visita mensal, elas entrando por um buraquinho de nada. São as primeiras a chegar, assim, apressadinhas, para beber o líquido do corpo que um dia... E não soube como concluir o pensamento. O corpo que um dia se deitara na cama e não tivera coragem nem de fazer amor consigo mesmo. Nem isso, Arilindo? E as formigas ali, afluindo agora aos montes, o caminho enegrecido, e ele passou o dedo deixando-as atordoadas. Lembrou-se dessa brincadeira de infância, quando gostava de cortar o caminho das formigas só para vê-las desnorteadas. "Alguém passou o dedo em minha vida", pensou.

Quando deu por si, as formigas já tinham refeito o caminho. Filhas-da-puta, rosnou, sem saber por que tanta raiva assim. E se engolfou no mar de merda que de repente viu que era a sua vida. Tinha horror a tinta de cabelo, odiava aqueles exames de sangue tão cedo e sobretudo aquela poetisa sem-vergonha que tinha mexido com o seu dia. Desenrolou o pacote e o pedaço de carne apareceu luminoso, sangrento, obsceno. Teve vontade de jogar fora, voltar a comer só legumes e verduras, mas não se dava, ficava logo descaído, as bochechas dependuradas. E as formigas? Estavam perdidas de novo. Apanhou a faca afiada e cortou bifes bem finos porque tinha agora também de cuidar dos dentes. Não podia rasgar um pedaço de carne como antes. Quebravam-se facilmente. Afastou da testa uma tripa de cabelos que foram um dia espessos e brilhantes e teve certeza de que a vida era mesmo um mar de merda. Lavou a carne várias vezes até tirar aquele tom vermelho demais que o constrangia. Jogou a carne na chapa que dispensava óleo e ficou atento ao modo como ela se contorcia, parecendo um bicho vivo, entortando-se nas beiradas. Parecia se contorcer de dor. Uma barata saiu de baixo do fogão, embriagada com os inseticidas que ele borrifava por toda a casa dia sim, dia não. Os insetos eram sua maldição. Odiava-os mais que a tudo no mundo, talvez até mais que a morte. Tascou uma chinelada na barata, que se transformou numa pasta nojenta. Dali a pouco haveria um monte de formiga em torno daqueles restos mortais, mas hoje elas iam ver com quem estavam lidando.

Só então notou como estava cansado de tudo e sem coragem para vinganças. Não teria forças (e lá vinha de novo a poetisa) nem para fazer amor consigo mesmo. Pegou um tamborete para sentar-se e ficou vigiando a carne que não parava de minar água. A vida era mesmo um escorrer de líquidos. Uma outra baratinha veio correndo da pia e ele lascou uma chinelada ainda mais forte. Ficou grudada no solado e ele teve nojo. Hoje tudo era nojo para Arilindo, a começar pela poetisa. As formigas agora pareciam se agrupar para atacar o inimigo e ele iria enfrentá-las como jamais enfrentara alguém. Sempre fora um fraco, um medroso, um filho-da-puta que não tinha coragem nem de fazer amor consigo mesmo. Pegou álcool e derramou em cima das endemoniadas. Soltou um riso feliz ao vê-las sumir no fogo que se alastrou num segundo e quase pegava no pano de prato. Sorte que estava meio úmido.

A manhã se fora naquela luta idiota com as formigas, a carne, a poetisa. E a carne chiou na chapa, quase queimando. Não gostava nem de imaginar seu corpo chiando daquele jeito dentro do túmulo, naquela terra quente que iria derreter suas banhas sem muito esforço. Gostaria de ser cremado, mas jamais teria dinheiro para isso. Era horrível quando se sentia afundando daquele jeito. Tirar sangue o deixava sempre assim deprimido e ainda por cima fora dar ouvidos a uma poetisa sacana. Estava, sim, era com fome.

Virou os pedaços de carne já com cara de bem passada e pôs agora uma colher de manteiga por cima. Manteiga, sim, que se danassem as taxas de colesterol, os triglicérides, o escambau. Passara a vida inteira preocupado com isso, se privando do bom e do melhor, e estava ali cada dia mais gordo e suado. O suor escorria por todo o corpo de Arilindo, escorria pelas virilhas, formigando na entreperna. Arqueou a perna direita para se coçar melhor e sentiu um prazer inaudito de encher a mão daquele jeito. "Hoje fiz amor comigo mesma..." O olhar safado da poetisa. A cozinha, não, o mundo parecia que ia pegar fogo. A gordura, a janela fechada, a cortina abaixada, não sabia como ainda estava respirando. Antes de comer precisava arrancar aquela roupa, tomar um bom banho, esfregar suas partes pudendas como jamais esfregara. A carne chiava. As formigas voltavam.

# Prima Otília

Minha mais remota lembrança de desejo se chama prima Otília. Era minha prima em segundo grau e aos meus olhos parecia do outro mundo. Quando ela se aproximava pra me dar um beijo, eu sentia uns formigamentos estranhos que só mesmo ela sabia provocar. Só que prima Otília fedia. Parecia que vivia mijada. Mas mesmo isso não me tirava uma exaltação de corpo que eu ainda não sabia identificar. Eu ficava inquieto quando sabia que era dia de sua visita. Ela ia sempre lá em casa e quando ia embora deixava um rastro malcheiroso que não combinava com seus jeitos delicados, suas roupas finas, os dedos cheios de anéis e o pescoço com correntinhas de ouro.

Morávamos longe e só ela ia nos ver, porque foi a primeira da família a ter um carro com motorista, um luxo que deixava minha mãe e minhas tias com a garganta um pouco azeda. Era ela quem trazia notícias da cidade, as novidades das lojas, perfumes caros no corpo, talvez para encobrir o futum que dava às três lá de casa uma surda alegria vingativa.

Quando ela ia embora, minha mãe era a única que punha

panos quentes, colocava a culpa nos gatos que mijam em qualquer canto, nos cachorros que dormiam na sala, até nas galinhas do quintal ela punha a culpa, como se galinha mijasse desatado igual à prima Otília. Eu bem via que, no lugar onde ela sentava, ficava a mancha, e logo que ela saía vinha alguém mais que depressa e passava um pano com sabão para eu não ver. "Nada é perfeito", dizia minha tia mais velha.

Eu gostava tanto de prima Otília que nem me incomodava mais com aquele cheiro. Ficava até com meus sentidos mais aguçados. Era mulher sozinha, largada do marido (era assim que as três falavam), muito bem de vida (justo o contrário de nós), e trazia sempre sua ajuda depois que minha mãe ficou viúva. Muito bonitona, tinha sido miss qualquer coisa quando nova, olhos claros, os mais claros da família. Era difícil na família ter uma mulher mais bonita do que ela, nem mesmo Neide Lacerda, uma prima nossa que cantava no rádio. De vez em quando, eu pegava as três falando mal dela, que aquilo foi castigo de Deus, que pune os assassinos ainda aqui na Terra mesmo. Eu imaginava prima Otília com um revólver na mão, pronta pra atirar em alguém, mas não a achava capaz de apertar um gatilho mesmo que a pessoa fosse sua maior inimiga. Uma faca na mão, muito menos. Como teria ela se tornado uma assassina e hoje pagava o crime se mijando toda? Quando notaram que eu já tinha percebido tudo, que o cheiro de prima Otília era mesmo de mijo, elas já falavam sem segredos. Tia Áurea era a pior: "Que adiantava ser rica, ter tanto dinheiro e se mijar daquele jeito? Prefiro ser pobre mas sequinha". E se levantava repuxando a saia. Parecia que não havia dinheiro que tirasse aquela inhaca de prima Otília, porque, se tivesse, ela só cheiraria a perfume francês e sabonete da melhor marca.

Uma tarde quente, lá chega prima Otília no carrão, toda arrumada como sempre e como sempre bela, com os cabelos arrepanhados na nuca, umas penugenzinhas soltas que davam vontade maluca de soprar. Nunca a tinha visto tão bela, num vestido fino que a gente logo percebia ser caro além da conta, só mesmo pro bico dela. Desceu do carro e o decote da blusa mostrava um rego profundo que dava até vontade de enfiar a mão. Como sempre, chegava cheirando e ia sair fedendo. Era verão, e o calor fazia subir logo aquele cheirinho, despertando-me novas sensações. Olhei bem pra ela, pra ver se descobria que crime estava escrito em seu rosto. A pele parecia cada dia mais fresca, sem nenhuma mancha. O medo que mais tinham lá em casa era que eu gritasse "que fedor!". Mas ela era a única apatição boa naquele fim de mundo e eu não ia fazer uma desfeita dessa. Minha mãe vivia repetindo: "Respeite os mais velhos, se não respeitar, lhe boto um ovo quente na boca". Mas nunca tive vontade nenhuma de gritar, de dizer que ela era fedida, tal a beleza que emanava dela e a tranqüilidade dos olhos que pareciam me abençoar cada vez que recaíam sobre mim.

Eu ficava sempre um pouco por ali e depois ia brincar no quintal, mas voltava logo para não perder de vista prima Otília. Uma vez, ao entrar na cozinha pra beber água, ouvi a conversa delas. Prima Otília chorava, dizia que se arrependimento matasse já estaria morta, achava que o marido a deixara por causa daquele passo em falso, e que tomava aquilo como castigo de Deus. "Se desse pra voltar no tempo...", falou. Até hoje se arrependia, pelo menos teria tido um filho a quem se dedicar, não quis ter só por medo de ficar com o corpo deformado. A aborteira (era a primeira vez que eu ouvia esse nome) furou sua bexiga e por isso ficou se urinando daquele jeito. Só podia ter sido castigo de Deus, lamentava-se, enquanto as três pareciam consternadas, mas, assim que ela saísse, já viu. As três acompanharam as lágrimas de prima Otília. Depois ela deu um suspiro forte e, como sempre, pediu licença pra ir no quintal, se trocar atrás das bananeiras. Pegou a bolsa de plástico e saiu.

Dei a volta e fiquei escondido atrás de uma mangueira. No meio daquela palha seca e dos gravetos que cobriam o chão, ela parecia um ser caído do céu por acaso. Fiquei com uma vergonha braba dela ali, naquilo que a gente chamava de reservado. Os troncos das bananeiras faziam uma barreira pra olhos indiscretos, mas nem tanto. Aí ela levantou discretamente os panos da saia, baixou tudo com cuidado e vi suas coxas de uma alvura sem igual na vida. Nem tapioca era igual. Tinha algo de leitoso, e bem no alto... Meu coração disparou. Alguma coisa se entortou em mim. E prima Otília, a saia erguida, fez uma troca mais demorada que das outras vezes. Só conhecia perna de mulher até o joelho e de prima Otília eu tinha até vergonha de dizer pra mim mesmo o que tinha visto. E se ela tivesse me descoberto? E se me pegassem ali? Saí em disparada para quando ela voltasse eu já estar lá na sala.

"O que foi que você viu, menino? Parece que viu assombração?", minha mãe perguntou. Minha respiração denunciava tudo. Não sabia como ia encarar prima Otília. Quando voltou, ela disse: "Você já está aí, Toinho, vem cá, me dá um beijo!". Minha mãe nem prestou atenção no jeito que ela falou. "Você quer ir morar comigo, Toinho?". Vontade não faltava, mas eu sabia que nunca iriam deixar. Imaginei como não devia ser o banheiro da casa dela, bem diferente daquela nossa pobreza. Minha vontade não era só de ir morar com ela, mas de entrar por seu decote, ser o filho que ela não teve, me enfiar todinho dentro dela, e não estava nem aí pro seu cheirinho de mijo.

# Dadado

Todo dia Dadado passava lá em casa pra entregar o quilo de carne. Nossa avó dava a ele o dinheiro sempre adiantado, porque no outro dia ele trazia a carne logo cedo e ela ficava com tempo pra fazer outras coisas. A gente nunca tinha posto o pé num açougue, vó Nair não deixava. Enquanto isso, nossa mãe pelo mundo, resolvendo as pendengas que nosso pai deixou perdidas, homem sem rumo que era.

Lá pelas oito Dadado chegava com a carne e nossa avó ia pra cozinha preparar daquele jeito ardido que a gente comia com vontade de vomitar. Mas naquele dia Dadado não veio. Já eram dez horas e nada do rapaz chegar. Era nosso primo distante, mas ligado a nós como se fosse irmão.

Quem apareceu chorando foi Ninha, a mãe dele. Dadado tinha saído cedo e na certa se perdera, ou o homem que pegava menino tinha levado ele, e ela já o via morto, sem os balangandãs entre as pernas. Era assim que ela dizia. O homem misterioso já tinha capado três meninos no outro povoado, jogava o corpo no matagal, o que nos deixava mais medrosos ainda, e nossa avó nos prendendo mais do que o necessário.

O silêncio foi muito grande, ficamos muito apreensivos. Meu irmão mais novo começou a chorar, era com quem Dadado mais brincava. Eu de tão nervoso fui beber água e levei o maior carão porque quando verti a moringa metade caiu no chão. Água ali era que nem ouro. E Ninha começou a culpar nossa avó, que se ela tivesse ensinado a gente a comprar carne não teria acontecido aquilo com seu filho, e nossa avó só dizia "calma, moça, ele pode ter se perdido", "se perdido como?", respondia a outra, "se ele nunca se perdeu?". "Dadado é sabido e não bocó como esses imprestáveis!" Vó Nair viu que o bate-boca ia ser feio e que era besteira gastar conversa com Ninha. Foi pra cozinha e eu via os lábios dela se mexendo nas suas orações. Dali a pouco voltou num choro sem sentido, "o que vou dar pra esses meninos hoje, meu Deus?". Ninha falou "merda, pra esses molóides só merda, tudo já uns varapaus", a gente tinha crescido demais, mas finos que nem pão-bengala, "e nem sabem como se compra um pedaço de carne. Se meu filho morreu, vocês me pagam".

A voz de Ninha ficava cada vez mais alta, e os vizinhos não demoraram a aparecer, na janela não cabia mais nenhuma cabeça. E dali a pouco quem entrou pela porta foi Lica, a perdida da rua, como diziam, rindo até não mais querer. Tinha o riso frouxo aquela Lica, sempre teve, diziam que era riso de puta. Ela nem ligava. Foi ela que, com um riso de canto de boca, falou sem encarar Ninha:

— Não tá vendo que Dadado não se perdeu! Aquilo já era um homem-feito!

Ninha olhou bem firme pra ela, "cala a boca, sua puta, se falar comigo parto-lhe a cara!". Parecia ter muita raiva de Lica, a moça mais alegre de nossa rua, com aqueles vestidos decotados que faziam a nossa festa quando se abaixava pra escolher manga que a gente vendia. Lica era uma lufada de vento entre aquelas pessoas, linda pros padrões dali. Falavam muito dela com o marido de Ninha. Devia ser por isso que as duas não se topavam.

Ninha desesperada bebia água com açúcar, e nossa avó sem saber o que fazer pro almoço. "Mesmo que ele traga a carne não vai dar tempo fazer nesse fogareirinho." Foi até um alívio pra nós. Melhor comer escaldado de ovo do que aquele guisado fedendo a fumaça.

E não é que dali a pouco apareceu Dadado?! Vinha todo desconfiado. Ninha saltou em seu pescoço e quase o esfolava vivo. Foi um silêncio só na rua. Ele disse que tinha sido roubado na feira, não sabia como, e por isso sumira com medo de uma surra. As pessoas se dispersaram e Lica entre elas. Já na ponta da calçada, ela derreou o ombro da blusa, puxou, pra todo mundo ver, uma nota amassada da alça do sutiã com que saiu se abanando na maior risada.

# Jogos

Nunca pensei que Zu fosse fazer aquilo comigo. Fomos criados juntos, eu sempre ajudando a mãe dela, dona Alzira, pois seu Zeca estava o tempo todo atarefado com as coisas da roça. Dona Alzira, o dia inteiro lá pra dentro, fazia o mungunzá, o beiju de tapioca, pra vender de tardinha, quando a bodega se enchia de gente. Eu e Zu ficávamos no balcão, ela sempre com uma saia rodada, blusa bordada por ela mesma, um laço de fita no cabelo. Era eu quem pesava as coisas, um pedaço de carne-seca, uma lasca de bacalhau, derramava o querosene nas garrafas. Era toda fidalga, Zu. Só pegava o que não fosse de sujar a mão, uma caixa de fósforo, um pacote de macarrão, uma lata de sardinha. Gostava mesmo era de fazer anotação na caderneta, boa de conta que só ela. Eu que nunca gostei de tabuada.

Quando não vinha ninguém, as cigarras estalando com o calor davam uma vontade de dormir e a gente se metia dentro do balcão, se deitava no macio das folhas de jornal de fazer embrulho. Nem sei quando começou aquele nosso pegado. Zu ainda menina, nem carocinho de peito tinha, mas já levantava a blusa e pedia que eu chupasse o biquinho. Eu achava aquilo a maior doideira, capaz de dona Alzira pegar a gente e aí o fuzuê estava armado. Nunca que iam pensar que era Zu quem começava tudo. Ela levantava a blusa, punha uma perna entre as minhas, puxava minha cabeça e ficava à espera. Depois parecia que se cansava e saía como se nada tivesse acontecido, meu corpo cheio de formigamento. Eu punha a culpa nos carocinhos de farinha que caíam por entre as frestas do balcão na hora da pesagem. Era só ver que naquela hora não vinha ninguém que ela se emburacava comigo ali. A voz de dona Alzira na cozinha com outras mulheres era certeza de que por lá ia ficar um bom tempo, tratando uma galinha, descascando um cesto de mandioca, apertando os pés-de-moleque.

Os peitinhos de Zu mudavam do dia pra noite, eu sentia no apertar dos dentes, no amojo dos lábios, tinha até medo de puxar sem querer a pedrinha que minha língua roçava. Ela já se contorcia um pouco e eu começava a achar que o balcão estava se encolhendo a cada dia, queria ter onde espojar melhor as pernas. E Zu queria agora se demorar mais, a perna entre as minhas pernas, como pra sentir alguma coisa a mais que o brim do calção. Do jeito que ia, ela ia terminar fechando as portas da bodega. Depois a gente saía, um sem olhar pra cara do outro, de tarde ia pra escola, todas as classes misturadas na mesma sala, dona Maura sempre bonitona com seu coque perfeito.

A tarde era muito estirada, a gente cantava a tabuada que nunca entrava em minha cabeça. Conta complicada, aí que era serviço. Parei no vezes sete. Zu era a mais despachada, na frente dos outros fazia que nem me conhecia, me tratava sempre pelo nome completo. Quando dona Maura, por um motivo ou outro, não podia dar aula, era Zu quem ficava no lugar dela.

A gente já estava no último ano do primário e tinha de ir prestar exame na capital pra depois, quem quisesse, fazer o admissão. Pra mim, pouco adiantava, ia parar por ali mesmo, não tinha cabeça boa pra continuar lendo tanto livro nem fazendo conta maluca. Ia ajudar minha avó na roça, já que ela não conseguia mais nem fazer uma cova de tomate.

Quando Zu tomava conta da aula, só me fazia passar vergonha. Mandava que eu fosse pro quadro fazer até fração. Eu não acertava uma e ela dizia "José dos Santos, você está muito ruim em matemática, vá sentar", e ela mesma resolvia tudo num minuto. Eu ia pra minha carteira com uma vergonha danada, por causa do meu tamanho, estava crescendo acelerado, deixando os outros pra trás. Minha idade ninguém sabia direito. Zu me dava carão na frente de todos, acho que pra ninguém desconfiar do que ela me pedia pra fazer dentro do balcão.

Agora só se falava no tal exame de fim de ano pra receber o diploma. Dona Maura dizia que quem não estivesse preparado ela não levava, que aluno seu não era de fazer vergonha diante das colegas da cidade, e olhava logo pra mim. Zu era a rainha, a que ia abafar nas provas, tirar o primeiro lugar. E tome marcação em cima de mim, queriam que eu aprendesse o que não podia.

Mas quando a gente estava na bodega, Zu era outra. Nem parecia aquela que fazia coro com dona Maura pra dizer que eu era tapado, mesmo sem ela dizer uma palavra. Bastava o olhão dela em cima de mim. Agora lá a coisa mudava. Ela vinha e ficava cada vez mais grudada em mim, queria me ensinar a somar as contas das cadernetas. Eu sentia um calor cheiroso saindo do pescoço dela, cheiro de quem tomou banho de manjericão. No lugar do botão da flor bordada na blusa já dava pra ver o botãozinho dela crescendo bem, tal e qual um maturi de castanha bem desenvolvida. Nunca mais que ia me pedir pra botar na boca. Capaz de seu azeite assar meus lábios. Enquanto me ensinava a somar, se encostava com precisão no meu corpo pra logo se afastar, como se só quisesse sentir em que ponto eu estava. Eu via que ela já estava sem paciência pra mais nada, eu não aprendia mesmo aquelas contas, até que um dia, sem mais nem menos, pegou a minha mão e botou bem no meio de suas pernas, por debaixo da saia. A mesma lã de taboca que a gente pegava na beira do rio, uma lãzinha gostosa que nem precisava de sopro pra voar. Meu corpo logo respondeu, virou um fole de tirar formiga. Puxei a mão rapidinho, com medo de dona Alzira chegar e me ver daquele jeito. Zu correu lá pra dentro com tanta rapidez e com a cara entufada que a mãe veio me perguntar se a gente tinha brigado.

    Só fui encontrar Zu de tarde, na escola, e ela fez como sempre, como se nada tivesse acontecido. Calhou de dona Maura ter de atender um comprador interessado nas cabras que ela criava. Zu, claro, ficou no lugar dela. Fui logo o primeiro a ser chamado pra recitar a tabuada. Nem tive tempo de correr pra sentina, fingir que estava apertado. Zu me pegou de jeito na tabuada do oito, que nunca entrou em minha cabeça. "José dos Santos", ela chamou, como se fosse a primeira vez que a gente se visse. A blusa bordada arrebitada nos peitinhos, a fita verde nos cabelos, combinando com os olhos. Me perguntou duas vezes quanto era oito vezes nove, e duas vezes errei. Foi quando ela pediu para eu estender a mão. Pensei logo no acontecido da manhã. Doida ela não era de fazer aquilo na frente da classe inteira, que via o meu rosto queimando. Toda séria, abriu a gaveta da mesa de dona Maura, pegou a palmatória e me lascou dois bolos ardidos. Dona Maura veio às carreiras, pensando que alguma ripa tinha se partido, tal o estalo do bolo que levei. Mas estava tudo calmo, Zu bem tranqüila, já tomava a lição do seguinte, como se nada tivesse acontecido.

# Triste paixão no morro do Avião

Os dois lutavam para se lembrar de como tudo havia começado. Ele, dezoito anos. Ela, cinqüenta. Ele, amigo dos filhos dela, o dia inteiro brincando por ali, sem nenhum gosto pelos estudos, jogando bola o tempo que pudessem naquele quintal apertado entre duas casas, os blocos cinza aparentes. Ela, costurava para Deus e o mundo, ver se podia manter os dois filhos criados sem o pai naquele lugar onde a cidade terminava. Porque mais pra lá só o inferno.

Depois do amor (sim, ela dizia que ele era o seu primeiro amor), os dois ficavam matutando sobre o começo de tudo. Ela achava que fora naqueles banhos de fim de tarde, quando, sujos e suados, ele, Djalma Elias, junto com os dois filhos dela, Jairo e Jair, iam tomar banho na bica do quintal e ela ficava olhando, o calção branco grudado nas coxas dele, cabeludas demais para um menino de doze anos. Disso ela se lembrava bem. Ele se desenvolvera mais do que os filhos, com treze parecia homem-feito, de barba e tudo. Ele também achava que fora despertado por ela justo naqueles banhos, e no começo ficava até envergonhado. Ao sentir o olhar dela, tentava se dominar sob o náilon mas não conseguia, e um dia notou que ela ria de banda, um riso meio safado de quem consente. E assim lá se iam oito anos de caso sem que ninguém soubesse de nada ali na favela do Avião. Foi ela que começou tudo, na prova de uma bermuda que intentou fazer para ele usar no aniversário dos catorze anos, a máquina de costurar atrapalhando um pouco no cômodo apertado. Depois disso foi só prazer, principalmente para ela.

De vez em quando os filhos sentiam o sumiço da mãe, mas como ela vivia pelo mundo atrás das freguesas para as provas, ninguém podia pensar que dona Clarice e Djalma Elias estavam no barracão de chão de barro, por trás de um depósito improvisado onde os moradores amontoavam garrafas, papelão e plástico para vender. Ele também tinha suas horas de sumiço, Jair e Jairo procurando por todos os becos da favela, mas ninguém juntava o sumiço de um com o do outro. Impossível pensar que uma senhora de cinqüenta anos e um jovem da idade de seus filhos mantivessem um caso de amor que fugia ao ramerrão até mesmo naquele socó de lugar.

Eis que um dia dona Clarice some mais do que o normal. Passou a manhã, chegou a tarde e nada. Foi fazer alguma prova de roupa. Os filhos foram olhar a máquina e o último vestido estava lá. Então não fora fazer prova em ninguém. Djalma Elias, junto com Jairo e Jair, ajudou a procurar por tudo que foi canto. Deviam ter assaltado dona Clarice e jogado o corpo na ribanceira onde jogavam os defuntos. Djalma desceu quase escorregando porque era barro puro e tinha chovido. Voltou dizendo que só tinha uma carcaça de cavalo. E todo mundo se pôs a procurar, os filhos desesperados, a mãe não se afastava tanto de casa, e quando ia muito longe avisava.

Passou um dia, passaram dois, no terceiro os filhos chamaram a polícia. E num minuto descobriram o corpo dela enterrado no barracão que ficava atrás do depósito, apenas umas pazadas de barro por cima. O mais velho nem quis acreditar quando o delegado disse que era o corpo de dona Clarice. "Não é, cara, não pode ser minha mãe, ela não tinha inimigo", disse Jair. Pior ainda quando soube que foi Djalma Elias que a matara e ali era o lugar dos encontros amorosos dos dois. "Pô, a gente é amigo desde pequeno, não pode ser", disse de novo Jair. Djalma Elias nem precisou de muita coação, não houve como negar que o boné esquecido no barração era dele, Jair e Jairo confirmaram. Djalma confessou que dona Clarice queria falar pra todo mundo, tornar o caso oficial pra ver se ele assumia, mas ele tinha vergonha de Jairo e Jair, seus melhores amigos. O que não iam pensar dele? Pegava mal.

# Exames de rotina

E agora o que ele ia fazer com aquele traste, de pernas frias que nem a moringa na janela? "O doutor que fez a desgraça, ele que fique", foi o que ele falou quando viu a mulher voltar daquele jeito. Saíra boazinha, andando, a contragosto dele. Quando lhe disseram que ela estava passando mal, sangrando por baixo, ele disse "passa, sempre passou, por que dessa vez não vai passar?". Mas aí os afobados já tinham chamado a ambulância e ele viu romper pela estrada aquele carro desbandeirado que parecia querer arrancar até raiz de coqueiro.

Saltou o doutor todo ágil nos dedos pra apalpar mulher dos outros, queria ver se deixava fazer assim com a dele. Até os peitos o safado apalpou e ele sem dizer nada, uma coceira na mão querendo pegar a peixeira. Mexe aqui, mexe ali, só não mexeu naquelas partes porque ele estava por perto. Também assim era demais. Tudo tem limite.

Tinha que levar dona Gracinha pro hospital, exames de rotina. De rotina? Que tipo de exame era aquele? O doutor nem deu resposta. Vai ver que era pra fazer o que não teve coragem de fazer nas vistas dele. Nunca precisaram de médico. Todo remédio tá no mato. Certo que ela vinha sangrando havia tempos, desde o nascimento de Último. Tá bom, que jeito, levaram. A sirene pelo mato parecia o desespero do coração dele. Os meninos choraram, hospital pra eles era mesmo que chamar a morte. Mas Gracinha não morreu. Demorou dias e voltou daquele jeito.

A primeira reação dele foi de berrar desaforo. Por que agora o doutor não veio pra ouvir poucas e boas? Veio só o motorista e um enfermeiro, quem sabe não estava doido pra apalpar também? E quando ela desceu na maca, aquela coisa sem vida, sem poder caminhar, imagine pra fazer aquelas coisas! Nunca mais, uma inválida! No que o doutor não mexeu pra deixar ela assim molinha, molinha? Subiu um ódio nele, acabaram com minha mulher, assassinaram a minha mulher, essa daí podem levar de volta que não é a minha! Quem pariu Mateus que balance. Quem fez essa desgraça com ela que fique. E foi pra roça capinar, que ainda tinha de ganhar o dia.

# Lu de seu Messias

Enorme, a mulher de seu Messias estava enorme. Foi engordando aos poucos. Depois do primeiro filho, ganhara uns dez quilos. Do segundo, mais uns quinze. E depois do terceiro chegara ao peso que tem hoje e nunca mais perdera um só quilinho. Seu Messias gostava de mulher fornida, mas assim era demais. Ele sempre reclamava: "Lu, vê se come menos!". Mas Luzia só queria mesmo era comer e ficar estirada no sofá lendo um monte de revistas emprestadas pelas amigas.

Começaram os desentendimentos. Seu Messias continuava com o mesmo corpo e se sentia cada vez mais perdido em meio às carnes de Luzia. Ao conhecê-la, ela era bem magrinha, o que o desgostava um pouco. Depois que se casaram, ela ganhara carnes na quantidade certa, mas com o tempo perdera o controle.

E Luzia estava enorme. Bolos de gordura pela barriga, pelas coxas, pelos braços afastavam cada vez mais seu Messias do leito. Olhava pra ela e nenhuma vontade de trepar naquele corpão. O médico tinha dito que Luzia precisava fechar a boca, fazer caminhada, mas quem disse que ela fechava a boca e caminhava? Sempre no sofá, ele não sabia o que ela tanto lia naquelas revistas. Reclamava toda dengosa: "Parece até que nem tenho mais marido". Ele tinha vontade de dizer: "Tá difícil, nega, tá difícil...". Engolia as palavras. Não sabia como ainda não tinha afundado na bebida. Via televisão até tarde e dormia ali mesmo no sofá da sala pra fugir de Lu. E o pior: nas raras vezes em que a procurava, Luzia parecia um minadouro. Era água demais que minava daquele corpão. Suava por tudo que era poro. O lençol ficava encharcado. Dentro de casa vivia com toalhinhas no ombro, enxugando as mãos o dia inteiro. E nas poucas vezes em que não podia fugir ao assédio, ele até recuperava o humor: "Lu, você ainda vai me afogar. Você parece uma cacimba". E Luzia ria aquele riso gordo que tanto o incomodava. Parecia que tinha água até na garganta, com aquele riso gorgolejado.

Seu Messias já nem olhava mais para a mulher. Comia de cabeça baixa, os filhos dizendo "pai, tô falando com o senhor" e ele no outro mundo, procurando uma saída. Na oficina tinha uma atendente dando bola pra ele, mas cadê coragem? Confessara aos amigos que perdera o tesão de vez. Podia botar a Rita Cadillac se rebolando nua na frente dele que não subia. Não confessava o motivo, mas achava que estava ficando brocha. Os amigos, "que nada, homem, você tem pau pra mais de vinte anos! Procure outra pra testar". Até que foi testar com a tal atendente, mas na hora H pifou. Só via o corpão de Lu na frente dele. Pediu as contas e foi trabalhar em outra oficina, mais acabrunhado do que nunca. Quando não se agüentava mais, se encostava em Lu de noite e deixava a coisa rolar como um sonâmbulo.

O casamento estava no buraco, uma merda de atolar a alma, até que, numa noite de calor intenso, os dois nuzinhos na cama, Luzia se debruçou bem docemente por cima de seu Messias. Ligar o ventilador. Foi aí que ele sentiu como era boa a maciez dos peitões de Lu. Tesão na hora. Lu se demorou, se esparramando e se arrastando em cima de seu Messias, numa demorada viagem da cabeça aos pés. Parecia uma suave montanha rolando sobre seu corpo até que ele explodiu como havia tempos não explodia. "Tailandesa", ela falou, toda coquete. Numa outra noite ela fez uma coisa que ele nunca imaginou e jamais teria coragem de contar pros amigos. Só faltou perder os sentidos. "Espanhola", ela disse, toda orgulhosa de suas novas habilidades. Hoje seu Messias só quer saber de sua Lu, cada dia mais gorda, cada dia mais sábia.

# Dona Dadinha

Ninguém melhor que dona Dadinha pra falar de putaria. Adora um filme pornô e sabe de cor e salteado os donos das melhores varas. A família inteira ri quando ela descreve as gozadas na cara das mulheres. "Parece mamadeira de maionese desandada." Pena que John Holmes tenha morrido e Cicciolina sumido do mapa, lamenta-se. Antes do videocassete, não perdia matinê no cinema pornô da cidade, até que foi destruído para fazerem um banco. Um despropósito. De tão conhecida, passou a ser respeitada. As luzes se acendiam quando ela entrava, como se fosse um aviso pros mais desinibidos. O que dona Dadinha via no cinema nunca contou pra ninguém. Levava sempre uns lenços de papel, que ela não era besta. E voltava pra casa toda animada: "Pena que o Olavo já morreu". As filhas é que ficavam com o coração na mão. "Mas, mamãe, na sua idade, com netos e bisnetos?" "Se fosse pecado, Deus tinha feito a gente sem nenhum buraco." Com o videocassete a família respirou aliviada. As netas riam com as maluquices de vovó Dadinha: "Tudo falso, minhas filhas, botam de plástico por cima, porque daquele tamanho só mesmo em jumento". E na locadora a atendente já brincava: "DP outra vez, dona Dadinha?". "E eu me canso, minha filha?" O que ela mais gostava era quando dois homens faziam malabarismos para penetrar na mulher, cada qual por um caminho, separados por tão pouco. Deviam se encontrar lá dentro, e a tal ainda fazia cara de enfado. Ora já se viu! Enquanto assiste aos seus filmes, dona Dadinha murmura que perdeu muito na vida e que Olavo não sabia da missa nem a metade.

# Inveja

Ainda bem que o cemitério ficava ao lado. O caixão era o vizinho que fazia, e a gente já estava tão acostumado com mais um anjo no céu que tudo virava festa. "O filhinho de dona Zeli está morrendo!", gritaram bem de manhã cedo, e a gente levantou pra ver se ainda pegava o último suspiro. Corria a história de que quem segurasse a vela na mãozinha de um anjo ia ser sempre feliz, ficava protegido por ele o resto da vida. Por isso eu corri, mas quando cheguei lá, o filho de dona Isabel já estava todo vitorioso, segurando aqueles dedinhos ainda rosados. Fiquei com raiva de Lúcio. Ele parecia adivinhar a hora da morte e era capaz de nem dormir quando sabia que mais um estava se cagando, ruim das tripas, como sempre acontecia com os que iam pro céu. E assim que o anjo (nem nome tinha, só botavam se achassem que ia vingar) se foi, Lúcio guardou o pedaço de vela no bolso, no maior acinte.

# Novidades

Para o menino era tudo novidade. Primeiro, uma sala limpa como ele jamais vira. Tudo branco, uma moça linda, de branco, e dela vinha um cheiro bom, bem diferente do cheiro, também bom, do curral das vacas. E havia um friozinho como ele jamais pensara existir no mundo, e da sala fechada vinha um cheiro forte que entrava pelo nariz e ia longe na cabeça.

Lá dentro foi tudo mais novidade ainda. Um homem de branco, todo gentil, que o chamou por seu nome completo e o sentou numa cadeira baixa que foi subindo, subindo, até ficar numa altura de onde não dava pra ele pular. O homem botou uma luz forte na cara dele e pediu que ele abrisse a boca. Não gostou da cara que o homem fez. Mas tudo era novidade.

O homem começou a cutucar seus dentes e uma dor foi se espalhando por toda a boca, sobretudo no fundo da boca, numa panela, que era assim que a mãe chamava os dentes muito furados. Em sua boca quase todos eram panela. Doíam tanto que não tinha mais gaiacol que desse jeito. Folha de muçambê era o mesmo que nada. Já tinha acabado com todos os pés.

Mas tudo era novidade e a agulhada que ele recebeu na gengiva também. Não era uma boa novidade mas dava pro gasto. E não parava de haver novidade. O homem debruçado sobre ele com um alicate meio quente puxou um, dois dentes, e disse bocheche bem água com sal, na outra semana a gente tira mais dois. O menino sentiu o rosto duas vezes o tamanho normal. Nem conseguia falar. Passou a mão e sentiu que não estava tão grande assim, a boca é que parecia ter crescido por dentro. Aquela, sim, a maior novidade.

# As meninas do coronel

Dia do coronel chegar no castelo de Dafé era dia de rebuliço, as meninas se ajeitando, muito banho e pedra-pomes, nada de batom e ruge, que o coronel era fogo quanto a essas exigências. Umas diziam que homem melhor não tinha, outras preferiam calar, falar mal ninguém falava, fazia parte do ajuste.

Sempre escolhia a mais nova, isso de tempos em tempos, para afogar a viuvez, as com cara de anjo, de menina no primário. Mil sussurros, mil silêncios, e ai daquela que não fizesse seus gostos, porque mais dia menos dia Dafé botava pra fora, ficando solta no mundo.

E mal ele ia chegando, as meninas já na sala caprichavam nos decotes. Era público e notório que mão mais aberta não tinha nos baixios do São Francisco. Maria da Fé com respeito, no penhoar verde-água, olha essa, coronel, chegada de Gararu, e essa outra de Barra de São Miguel, meninas novas ainda, de poucos dentes perdidos, cabaço recém-tirado, que as de cancela aberta ele não gostava não.

Todo vestido de preto, o chicote no cabide, o olho experimentado, escolhia as de vasta cabeleira e com ares de criança, rosto de santa menina, e só com a sobrancelha e o franzido da testa apontava a direção, o quarto já preparado, que Maria da Fé sabia de todos os seus preceitos.

A menina assustada tremelicava de medo só de ouvir falar no tal coronel Juvino. E o medo mais crescia quando via a maleta, o velho puxando aquele fio brilhoso, dizendo "tire essa roupa toda pra eu fazer logo o serviço". Jogava o dinheiro na cama, que boca se cala assim, a espuma ele mexendo pra pincelar os pentelhos que ia raspando lento, com cuidado, com carinho, afastando bem as pernas, vez em quando um lambitoque, dedo no botão rosado para assim que terminasse a danada estar no ponto. Nada de cabritar, "fique quieta, menina, que o fio da navalha não está pra brincadeira".

Passado o primeiro susto, a menina se entregava à sorte, ao deus-dará, e já se escorria toda nos dedos do coronel, e toda se contorcia e até ria das graças que ele ia falando, que cajarana era fruta que ele nunca chupava, gostava de sapoti pra afundar bem a boca, que pentelhuda só uma, sua finada Doquinha, que só lhe deu filho homem, que bonito pra valer era xibiu de anjinho, vai ver que era por isso que o Céu se cercava deles, a moça ficando séria diante dessa heresia.

Depois do trabalho pronto, a língua vistoriava as pontas mais atrevidas, que de couro de toucinho ele queria distância. E lá vinha lambe-lambe, língua mole viscorenta, pedindo que a menina se conservasse quieta, como se fosse possível deixar de se contorcer. Aos poucos, aos pouquinhos, os dedões de cada lado da pomba bem depenada, escancelavam com gosto, o repinicar da língua na flor de açucena aflita, o roxo se transformando no vermelho luminoso da romã recém-aberta, a quentura almiscarada que ele sorvia lento, seu mel de arapuá, "é hoje que me acabo", sem paletó, sem camisa, o anum se desfazendo de sua plumagem negra, mostrando o branco do peito, "paciência, viu, filhinha", afastando a mão afoita que tateava nas calças em busca do escondido. Mas ele arqueava o corpo e deixava a menina ainda mais curiosa. Agora dizia "venha", conduzindo a putinha para a bacia com água que a Dafé preparava com folha de alfavaca. A dona toda suada, ele agora em cuecas, a tentação era grande, mas ele logo afastava mão que lhe fosse atrevida, que ele não era homem de dengues e redendengues, que precisasse de alguém pra manejar seu instrumento.

"Sente agora levezinha que é pra não espanejar água", a pele toda lisinha, que nem menina de berço, os dedos afundando moles, lavando compenetrado vales, montes e caminhos, se perdendo nos atalhos, o fura-bolo aflito no carocinho de romã, o mar lhe chegando em ondas no narigão desossado, ele sentindo agora lhe subir toda a macheza, de fazer qualquer mulher se sentir em paz com Deus. O cheiro da alfavaca misturado à maresia destilava seus venenos, que ele sorvia aos goles como se fosse chorar, a boca afundada em gomas, o borbulhar das carícias, o dedo escorrendo afoito pela picada da bunda, o orifício afamado, que ele vistoriava, a pobre moça impando, prendendo o gemido louco, sem saber o que melhor, continuar no tormento ou que acabasse logo, pondo a mão na cabeça a ponto de correr doida. Ele então se decidia, tirava a coisa rombuda quase assustando a coitada e depois voltava a si, ia pegar a toalha, ainda falta o talquinho pra neném ficar cheirosa. Ela deitava na cama, as pernas escancaradas, já toda entregue ao destino. Ele, os dedos caiados do talco mais perfumado, quase que desfalecendo com perfume tão celeste, ela se agarrando nas barras da cama antiga, também já sem se agüentar, e ele sem querer ajuda, fosse de mão ou de boca, e até que enfim se decidia a montar em cima dela, e logo se arqueando como a segurar o cabresto, se aliviando sozinho num chorado espremido, ai meu Deus que me acabo, ai meu Deus que me acabo, ouvindo o repinicar do sino do meio-dia, espirrando bem distante, quase molhando a parede, pra mostrar que tinha força, e ela toda espantada com final tão melancólico, ele olho no olho, no acinte, se desmontando da égua, mas sem largar o instrumento, que com Juvino era assim, que com o coronel era assim, que ele não era doido de meter em qualquer uma pra pegar doença braba, pra estragar sua bimba com as doenças do mundo, e boca-de-siri, sua puta, senão o relho te lambe.

ESTA OBRA FOI COMPOSTA EM ELECTRA PELA SPRESS E IMPRESSA
PELA GRÁFICA BARTIRA EM OFSETE SOBRE PAPEL PÓLEN SOFT DA
SUZANO BAHIA SUL PARA A EDITORA SCHWARCZ EM OUTUBRO DE 2004